行星的恆心

From Uranus To Sun.

矮子（思念秧秧）／著

目次

第一章

結束，是給有心告別的人。

台北，竹林別院。

「這邊簽名就可以入住了。」穿著合身西裝的男子，態度親切有禮地站在我們面前。

媽媽一手接過合約，嘴裡仍是不斷碎唸。「浩浩啊！你為什麼就是不聽媽媽的話，先住宿舍才可以認識更多新朋友啊！」

「妳幾時看過我交朋友了？」

無可奈何地輕笑，我搬下後車廂裡少得可憐的行李。

「明明你小時候就不會這樣，怎麼越長大越孤僻。」連爸爸都要加入戰局。

「那還不是因為你們一直搬家，好不容易我交到朋友了，你們又要搬家了。」我聳肩。

「我也沒辦法，還不是因為你爸工作調來調去的。」媽媽斜睨了爸爸一眼。

我看見爸爸一臉莫名其妙的模樣，笑著說：「我沒有在怪你們，只是覺得交朋友不用刻意，合得來的自然就會走在一起。」

況且，我非常不喜歡跟人打交道，要是住進了宿舍，對我來說才是噩夢的開始。

特別選了一間環境非常簡單的公寓，這裡的住戶多以小家庭為主，我討厭吵雜，對學生型套房避而遠之。

房東說五樓只有三戶住家，一號住著一家四口、二號住了個雙親長年居住在外國的大學生、三號就是我。

離開前，媽媽緊握住我的手再三叮嚀。「你一個人生活，要好好照顧自己知道嗎？」

「我知道。」

「還有不要學壞。」爸爸的目光直視著我的左邊褲子口袋。

「嗯。」我心虛地笑了笑。

抱歉了爸，我不覺得抽菸是什麼壞事。

※

叮咚——

門一開，是個看起來與我年齡相仿的男生。

「請問你是？」

「我是住在二號的吳子陵，這盒餅乾是一號筱玫他們一家人要給你的。」

「嗯……謝謝。」

我尷尬地擠出笑容，接過他手中包裝很精美的餅乾。

「不客氣，我聽房東說你也是T科大的學生，我也是耶！」

他看起來是個非常健談的人。

「嗯。」可惜我不是。

「我是視覺傳達設計系，你呢？」

「一樣。」

「太棒了！那我們交個朋友吧！」

他露出了興奮的表情，輕輕推開我家大門，自顧自地走了進來。

「你知道什麼是禮貌嗎？」

我愣在原地許久，回過頭時他已經坐在客廳的沙發上了，那是我們的第一次見面。

一直以來都很擅長拒人於千里之外的我，偏偏對過分熱情的人沒轍。

沒錯，我就是在指吳子陵。

他是一個缺乏父母管教，非常不懂禮貌的傢伙，沒想到卻意外跟我很合。

因為我也不是一個有禮貌的人。

吳子陵只有在遇到一號那戶人家的大女兒時，就會變得像白痴一樣。

「欸！筱玫要跟學長去看電影了，我要怎麼辦啦！」

「你在這邊鬼叫的同時，她已經化好妝了。」我淡定地灌了一口水。

「靠！你不要在那邊置身事外喔！」他狠狠踹了躺在沙發上的我一腳。「你到底懂不懂愛情啊！」

愛情？

關於我學到愛的第一課，就叫成全。

那是多久以前的事呢？

三年？五年？

我已經忘記自己是在什麼時候，愛上她的了。

「這幅畫是誰的？這個畫裡的女生，是我女朋友。」我看見了美術室倉庫裡，有一幅等身水彩畫。

「一個叫謝康昊的男生。」畫室裡資歷最久的同學放下畫筆，走到我身後。「原來你認識畫裡的那個女生！我一直想把畫給她，只可惜我不知道她是誰。」

「這幅畫上面都是灰塵，而且他並沒有完成，為什麼？」我皺眉，輕撫著下巴。

「我也不清楚，謝康昊有一天就突然不來畫室了，而從那之後，這幅畫就一直擱在這裡了。」

「大約放多久了？」

「一年半左右。」

「一年半？那不就是我剛認識思秧的時候嗎？」嘆了一口氣，搖頭輕笑。

我，終究是那男孩的手下敗將。

轉學到人生中最後一所國中的那天。

「同學，你需要幫忙嗎？」她冷著一張臉，語調卻出乎意料的溫柔。

「請問學務處要往哪裡走？」我收起強烈的目光，迅速恢復了一貫的冷漠表情。

她露出一絲若有似無的微笑。「我正好要去，你跟我來吧！」
她的美很特別，獨有的高冷氣質，我幾乎沒見過她因為開心而綻放的笑容。
這座冰山只有在遇見她的太陽時才會融化。
真的，就只有在遇見太陽的時候。

「徐思秧，妳男朋友在門口等妳。」
這是我與她的第二次對話。
「喔！謝謝！」她揚起幸福的笑容，立刻起身。
她是一個優秀的人，卻喜歡一個看起來玩世不恭的壞學生，老師更視他們的戀情為眼中釘。
「等等！」我伸手擋住了她的去路。「班導在看妳。」
「靠……」她低聲咒罵。
見她一臉為難，我猶豫了片刻。「還是我去幫妳跟他說，妳現在不太方便。」
「好啊！麻煩你了。」二話不說從抽屜裡拿出便利貼，她快速地寫了幾個字，交到我手上。
這也是我第一次發現，原來她會說髒話。
早已記不得是什麼樣的過程，讓我們從陌生人變成知己。
只是我永遠忘不了，她一個人蹲在頂樓的圍欄邊大哭，看著她無助的背影，我在心中下了一個決定。

一定要好好保護她。

「徐浩，你在系上是邊緣人嗎？為什麼都不跟同學一起寫作業，老像個鬼似的跟在我身邊。」她無奈地朝我做了個鬼臉。

「因為我還在排隊等著當妳男朋友啊！」我笑說。

「你明知道我……」又來了！總是那副無可奈何的表情。

「好，我不說，我出去抽菸。」舉起雙手，投降。

點燃Caster，我輕嘆了一口氣，這傢伙的死心眼真令人感到沮喪。

十五歲那年夏天。

我發現她的愛情，其實被老天開了個大玩笑。

如果當時選擇隱瞞，那麼有非常大的可能，現在站在她身邊的人還會是我。

可惜我並沒有這麼做。

「徐浩！」她大步朝我跑來。

用力吸了口氣，硬撐起笑容。「如果妳現在跟我提的話，我是會答應的。」

「提什麼？」

「提分手。」我收起笑容。「快點吧！給我一槍死個痛快。」

心裡仍在期待著有一絲機會，她會對我說：「我不分，我要永遠跟你在一起。」屏氣，等待著她的答覆。

「我……」結果只等到了她深深一鞠躬。「對不起！我真的想要知道我和謝康昊之間到底怎麼了。」

「所以我說我會答應妳，快點給我一個了斷吧！」我沉痛地閉上雙眼，緊握著拳頭。

明明已經告訴自己不可以難過，但是我的心，就像是條廉價毛巾，被她使勁地擰著。

唯一不同的是，毛巾會有再次被使用的機會，而我，卻再也不是她的誰。

「如果說我比他早一點遇見妳，我會是妳的選擇嗎？」我站在她面前，卑微地凝視著她充滿淚水的雙眸。

她抿了抿嘴，給了我一個肯定的眼神，點頭。「會。」

成全是我最後能為她做的，不能成為她心中的那個永遠，至少讓我在分開的這一刻，帥到無懈可擊。

這樣就夠了。

「靠！你好偉大！」

吳子陵坐在地上，對我的初戀下了這樣的註解。

「所以你現在是要去搶，還是要坐在這裡成全筱玫和她學長？」

「不知道。」他一臉茫然。

「看來你也沒有那麼喜歡她。」

「喜歡才不是這樣定義的，你那麼愛你初戀女友，還不是跟她說再見了。」

「那是因為我他媽搶不贏啊！與其到最後輸得一塌糊塗，倒不如在那一刻就放手，還能有個帥氣的結尾。」

「操！才不帥，超像小說萬年老梗裡的可憐男二。」吳子陵嗤之以鼻。

是啊！我就是可憐男二，都被人家甩了，還死纏爛打的。

思及此，我嘴角上揚撥通了手機。「思秧！今天晚上我要去妳家做報告。」

「不要！你每次都亂打卡，害我被誤會很慘。」電話那頭傳來她嬌柔的抱怨聲。

「好啦！那我今天不打卡，我是真的要找妳哥問作業的事情。」

她哥哥是我設計系的大學長，也是我能一直出現在她家的藉口。

「好啦！要是你又亂打奇怪的動態標記我，我絕對會立刻趕你出去。」她妥協，然後輕輕地掛掉電話。

我喜歡她對我的妥協，就好像我贏得了她的什麼。

只可惜愛這件事，她始終有自己的堅持。

※

「徐浩，你上次的作品入圍新生設計獎了！」

班代興奮地把通知放在我桌面上。

「嗯。」我輕哼了一聲，繼續把目光放在眼前的立體構成作業上。

「你的作品真的超猛的！但老師說你沒有寫創作理念，要找時間去補喔！」

她拉了一張椅子，坐到我身旁。

「嗯。」

「你的作品叫什麼名字來著？星星？火星太陽什麼的？」

「行星的恆心。」我抬起頭回應她一記白眼。

「真的跟你這個人一樣，完全沒有人搞得懂。」她彎著脖子，上下打量我。

「恆星會繞著行星規律的運行，每年每月每分每秒，不曾停歇；而守護著一個重要的人，也是一種恆心，這是我的創作理念。」我停下動作，緩緩開口。

吳子陵朝我們走了過來。「楚琪！妳幹麼跟從其他星球來的傢伙講話？」

「因為我在學外星話。」

楚琪是除了吳子陵以外，我唯一會講話的對象。

其實我對她沒有特別的感覺，僅僅是因為她當班代，有很多事情需要請她幫忙，就這麼簡單而已。

「欸吳子陵！我知道徐浩在追的女生是誰喔！她叫徐思秧，是T大外文系的系花。」楚琪得意的語氣，沒來由的令我感到不爽。

「他才不用追，那個女的是他前女友好嗎？」吳子陵冷冷地說。

「她是你前女友？」楚琪激動地抓住我的手腕。

我不耐煩地甩開她的手。「這跟妳有什麼關係嗎?」

「每次都這樣,你這個天王星!」楚琪嘟起嘴,自覺沒趣地轉向了吳子陵。

我說徐思秧是一座冰山,只有在遇見她的太陽時才會融化、楚琪說我是天王星,宇宙裡最寒冷的那一顆星球。

只有在遇見徐思秧時才會釋放自己的熱能。

其實我沒有偶像劇裡那麼偉大的情操,也曾經試著去認識其他女生,卻發現自己只是在不同的女生身上,尋找著與徐思秧相同的特質。

這對那些女生是不公平的,所以我放棄了。

喜歡就喜歡吧!至少在她心裡的那個人回來之前,我可以替她隔絕身旁的蒼蠅。

我的大一生活很無聊,上學、放學、找徐思秧、回家、上學、放學、找徐思秧、回家。

偶爾會多一項找吳子陵,但那僅僅是在大考前夕,逼不得已要做分組報告的時候。

我沒有參加社團,也沒有打工,興趣是看電影、專長是畫畫。

有一句話說:「長得帥是高酷冷、長得醜是邊緣人。」

很慶幸我媽在懷我的時候很用心,讓大家把我歸類到了高酷冷那一邊。

聽過一些莫名其妙的傳言,像是「徐浩的初戀女友車禍死了,所以他才會封閉自己」,或是「徐浩喜歡男生,但是他爸媽反對所以他不再與人親近」。

嗯……

※

長假將至，我收拾著行李準備回台中。

「筱玫她們要搬家了。」

吳子陵拿著我借放在他家的鑰匙，大搖大擺地走進我家。

「先生，有一種東西叫門鈴。」我停下手邊動作，好心提醒他。

「欸！我沒談過戀愛，失戀是不是一定要喝酒？」直接忽略我的提醒，他把手中裝滿滿的袋子，放到餐桌。

「你根本沒跟她在一起，是在失戀個屁。」

「我從高一就一個人住在這裡，受了他們家很多的照顧，我也偷偷暗戀她四年了。」他像是一顆洩了氣的皮球，癱在我的沙發上。

「你又沒種追她。」

吳子陵嘆了一口氣。「所以我才來找你喝酒啊！」

那天他一個人默默喝完一手啤酒，迷迷糊糊地被我扛在肩上，按了筱玫家的門鈴。

「怎麼了？」筱玫露出疑惑的表情。

「他有話對妳說。」

「子陵？」她伸手扶正了身體搖搖晃晃的吳子陵。

「妳要搬家了，我很難過……」他意識模糊地靠上牆壁，開始低聲啜泣。「我……我喜歡……妳……」

「你喜歡我？那你當初幹麼不阻止我去約會？為什麼還幫我選衣服？」沒想到會聽到這樣的回答，我搖搖頭。

這世界上到底要有多少的錯過，才讓人學會更勇敢的去面對自己的真心呢？非要錯過了，才知道其實愛情曾在他們左右。

徐思秧是這樣、吳子陵也是這樣。

可憐的吳子陵永遠不會知道那晚，他暗戀了四年的女生，在聽完他的告白之後，賞了他一個大大的耳光。

「因為你的懦弱讓我走進了另一個懷抱，現在我和他很好，你為什麼又要來攪亂。」

筱玫，其實子陵他沒有錯，錯的是妳在心裡還有他的時候，就開始了一個不屬於真心的故事。

筱玫一家搬走了，吳子陵的單戀也結束了。

結束，是給有心告別的人。

對於初戀，我始終無心告別。

第二章

相遇，彷彿是我們的久別重逢

「徐浩！」

那個讓我魂牽夢縈的女孩跑來。

「妳也太準時了吧！」我看了手錶，這是我從她身上偷來的習慣。

她揚起笑容，遞上花束。「因為我很期待啊！終於讓我等到你開個人展了！」

貪戀著她這樣的笑容，我失了神。

「我跟你說喔！謝康昊前幾天約我去看電影。」

只可惜是因為那個讓她笑靨如花的人回來了。

「喔！那你們要去看哪部片？」我接過花束，心裡滿是酸楚。

「不知道，你比較懂電影，幫我推薦一下啦！」她笑著走在我身旁，不遠不近的距離。

「我想一想再跟妳說。」

展場並不大，除了圖畫，還有一些我的攝影作品。

「這是哪裡？」徐思秧偏著頭指著前方的照片。

「我們國中的頂樓，以前妳最喜歡蹲在那裡耍自閉。」

「對耶！難怪我覺得很熟悉，我還記得你站在這邊跟我告白。」她輕輕地將髮絲撩到耳後，笑彎了眼。

「竟然已經悄悄過了五年了。」我說。

「是呀！時間改變了很多，但是你好像都沒什麼變。」她轉過頭來，溫柔地對著我說：

「還是一個很棒的人。」

「妳這張好人卡發得真高招。」我挑眉。

「徐浩，我們當朋友能比情人更長久。」她皺眉。

「好，我知道，聽妳講這句聽到都會背了。」我伸出手抵住她的嘴唇。

她吐舌，微微一笑，繼續往前走。

沒有跟上她的腳步，只是靜靜地看著她的背影。

五年，真的可以改變很多事，卻都沒有改變我們對愛的堅持。

明明都不是金牛座，卻有著讓金牛座搖頭嘆息的固執。

徐思秧，如果有一天妳願意回過頭，就會發現，我一直站在這裡，不曾走遠。

※

房東說暑假就會有新房客搬進來。

並不期待什麼，只求他們不要打擾到我就好。

然而吳子陵就不同了。

「欸！新房客明天入住，我們要不要辦什麼活動歡迎他們？」

「我看起來像是會歡迎別人的人嗎？」我一臉困惑地看著他。

他又拿著鑰匙自由進出我家，我真的要好好考慮把鑰匙收回來這件事了。

「至少打個招呼吧！」

「不要。」

「點個頭？」

「不需要。」

「真的是天王星，要不是本帥哥是一顆大太陽，早就被你冷死了。」他雙手抱胸搖頭。

我放下手中的雜誌，冷冷地說：「我這個人，最討厭的就是太陽了。」

一個陽光普照的早晨，新房客來了。

他們很吵，吵到幾乎要把屋頂整個翻掉。

最可惡的是，我還在一陣吵雜聲裡，聽到吳子陵那個智障的笑聲。

躺在床上我痛苦地舉起手錶，八點十五分。

「去你的！」到底為什麼要挑這麼早的時間搬家。

下床梳洗，外面嬉鬧的聲音之大，要繼續睡回籠覺絕對是不可能的，我走到陽台邊點了一根菸。

「早安！吵到你了嗎？」陌生的女聲響起。

「啊！」嚇了一大跳，左邊的陽台站著一個笑容燦爛的女孩。

我點頭，沒有給她好臉色看。

「對不起，因為我們幾個朋友終於住在一起，太興奮了！」她完全無視我不友善的態度，依舊笑得很開心。

「那希望妳們不要興奮太久。」我直視著她。

「那我也希望你不要在陽台抽菸。」她皺了皺眉頭，用力捏住鼻子。

「這應該是我的自由吧！」

「是啊！可是因為我有氣喘，所以麻煩你……咳……」她似乎是被我的菸味嗆到了。

沒等她說完，我快速地捻熄菸蒂。「知道了。」

收起菸灰缸，我旋身進屋內。

「謝謝學長，我是視覺傳達設計系一年級的向子澄。」她大聲喊住我，吃力地越過陽台間的空隙，朝我遞上名片。

「妳幹麼給我名片？」我快步跑到她面前，天曉得這樣的動作有多危險。

「人家不是說大學是建立人脈的地方，然後吳子陵學長說，你是這個學校最厲害的學生，一定要認識你。」

她到底是在開心什麼？

「謝謝誇獎，不過我對於人脈這種東西，沒有興趣。」挑眉，伸手將名片還給她。

她瞪大清澈雙眼，一臉錯愕地看著我，搞得好像我不收名片就對不起她似的。

「……」只見她怯懦地緩緩伸出手，一臉受傷。

僵持不下幾秒，嘆了口氣。「好，我收就是了。」

不想再看到那讓人心煩的表情，我轉身走進屋內，隨興地把她的名片丟在桌上。

熟悉的來電答鈴響起，是徐思秧。

不自覺的嘴角上揚。

「是什麼大事讓我們系花主動打給我呢？」

「你上次不是說要推薦我好看的電影嗎？都忘記了。」

「都過多久了？你們還沒去看嗎？」

「他比較忙沒辦法啦！」她的聲音聽起來很雀躍。

我心一沉。「等等傳LINE給妳，我先忙一下。」

「喔！抱歉！那你先忙！」

「嗯，再見。」雖然很不願意，我的手卻不由自主地開始幫她搜尋。

隨便查了一個影評最差的院線片傳給她，心裡有股甩不開的煩躁，我又想抽菸了。

推開陽台門，想起剛才那個有氣喘的傢伙。

「馬的！我還有哪裡可以抽菸啊！」我用力踹了地上的黃金葛一腳。

回到房間打開電腦，餘光看見了剛才那張差點被我丟掉的名片；黑底白字仿宋體，怎麼看都跟向子澄這個名字連結不起來。

點開臉書介面，隨手打上了向子澄三個字，果然第一個就是她；她的生活看起來很精彩，高中時擔任校刊社社長，喜歡在動態上放著自己的手繪作品。

然後我們竟然有一個共同朋友，吳子陵。

他什麼時候變那麼主動了，暗戀多年的女生前腳剛走，後腳就補上新的對象了。

我聳聳肩，埋首於電繪板前，準備著即將到來的平面設計大賽。

「阿浩！學弟妹要請我們吃飯，一起來吧！」

吳子陵再次忽略門鈴直接推開我家大門。

「他媽的！你不懂禮貌也該有個限度吧！」

我省略了抬頭的動作，隨手抓起原文書朝門口丟去。

「啊！」陌生的聲音響起，我猛然抬起頭。

向子澄帶著尷尬的笑容看著我，鮮紅色的液體緩緩從鼻孔流了下來。

「對不起！」我快步起身，抽了幾張面紙跑到她面前。

「是我要說對不起，沒經過同意就走進來你家。」誠意十足地朝我九十度鞠躬，然後她的鼻血，刷的一聲，噴了一地。

我大力地捏住她的鼻子。「不要動！頭不要往後仰！」

「阿浩！你才第一次見到學妹就給她下馬威，未免太過分了吧！」站在一旁的始作俑者倒是說得很輕鬆，我翻了他一個白眼。

向子澄的水靈大眼轉呀轉，視線最後落在我眼裡，我們四目相交。

「妳自己捏好，我去拖地。」被她看得渾身不自在，我索性直接離開現場。

等到我整理好像是命案現場的地板，才發現沙發上又多了兩個不認識的人。

到底是為什麼我家可以讓這些莫名其妙的人自由進出。

「幫你們介紹一下，這個剛拖完地的，是我們T科大所有設計系裡最厲害的人，徐浩學長。」吳子陵勾住我的脖子，當然是立刻被我甩開了。

「學長你好，我是張寧希。」是個長得很古典美的女生。

「我是周昱愷。」我第一眼就很討厭這個傢伙，因為他長得有點像徐思秧喜歡的人，濃眉又大眼的。

「我是向子澄。」

「……」

我淡定地看著他們，完全沒有要接話的意思，場面尷尬到了極點。

「我個子不高但是因為很外向，所以大家都叫我小太陽。」向子澄露出燦爛的笑容。

「那麼巧！我是大太陽！」吳子陵故作驚訝的假摔，逗得向子澄哈哈大笑。

「學長你跟子澄很像耶！」張寧希摀著嘴笑了笑。「她母胎單身十八年了！可以參考一下。」

向子澄收起笑臉，就那短短一秒鐘，我捕捉到她除了笑以外的表情。

「坦白說，我也是母胎單身啊！哈哈哈哈！」吳子陵放聲大笑。

我冷不防地瞪他一眼。「可以不要在我家講這種事嗎？」

向子澄給了我一個感激的眼神，撇開眼，我又不是為了幫她才這麼說的。

我只是希望這群人可以不要再打擾我而已，僅僅是這麼簡單的原因。

不喜歡跟別人接觸的個性，大概是在國小時養成的，我們家幾乎每年都要搬一次家，每當認識了新的朋友，很快的又要揮手道別。

一開始，我會很努力去維持著舊的友誼，害怕他們忘了我，可是結果都是一樣，不管多努力，友誼終究會漸漸地疏離，甚至是嫌我麻煩。

為什麼要把時間浪費在遲早會消失的關係上呢？

長大後的我是這樣想的。

不！

應該說，在遇見向子澄之前，我是這樣想的。

「嗨！學長。」左邊傳來向子澄的聲音。

「嗯。」我看了她一眼，視線停留在她腳上的吉他。「妳不會是要在陽台彈吉他吧？」

「是啊！因為我在房間唱歌，會吵到他們。」她笑得很燦爛，我卻是滿臉黑線。

「妳在陽台唱，會吵到我。」

「那我開放點歌！你就讓我唱，好不好？」她抱著吉他，轉向我。

「不好。」看著她一臉失望，我忍住笑意。「除非妳唱得很好聽。」

不知道為什麼，我並不討厭向子澄這個傢伙，也許就像俗話說的，伸手不打笑臉人。

但是吳子陵也很愛笑，我卻老是想扁他。

「這個我很有信心。」她拍拍胸口，一臉得意地說。

「那也要我聽了才知道。」我雙手抱胸，微笑著挑眉。
她輕刷了幾個和弦，抬起頭，凝視著我的眼睛。
「你走前頭　我在身後
你抬頭看天空一臉難受　我跟著默默心痛
靜靜陪伴你是我　最大的溫柔」
昏暗夜光下，她輕柔的歌聲，深深撼動著我冰冷的心。
原來真的有人可以把一首歌唱進人心裡。
隨著音樂我們凝視著彼此，她眼裡的悲傷太過真實，突然有一股想擁抱她的衝動，但是我忍下來了。
「好聽嗎？」音樂結束，她仍舊帶著淺淺的笑容。
「妳失戀了嗎？」我皺著眉。
「沒有，只是因為這首歌詞太悲傷，我每次唱都很想哭。」
「我也很喜歡這首歌。」和徐思秧分手的那天，我在廣播裡聽到有人點播這首歌給自己。
她靠在吉他上，偏頭看著我。「那我以後可以在陽台唱歌嗎？」
「如果是我喜歡的歌就可以。」說完，我便轉身走進室內。
不可否認的，我很享受一邊晒衣服一邊聽向子澄唱歌的夜晚。
沒有華麗技巧，卻有著一副會說故事的好嗓音。

「學長你要不要跟我一起唱?」
「我不會唱歌。」我停下動作。
「我可以教你。」她放下吉他,跑向欄杆。
「我沒興趣。」
「你很喜歡拒絕別人!」她嘟著嘴,小聲地呢喃。
「我沒有義務要答應別人什麼。」我湊到她面前。
「學長。」
「幹麼?」
「你女朋友一定是一個很溫暖的人。」她對我露出不懷好意的笑容。「不然她怎麼會到現在還沒被你冷死。」
「白痴!」我用力朝向子澄頭頂搥了下去,痛得她哇哇大叫。
「子澄!妳又在吵學長了!」
周昱愷從向子澄身後走了過來,掛在手腕的外套輕輕套在她肩上。
「我才沒有。」甜甜的笑容綻放,這還是我第一次看到,她的眼睛笑成一彎弦月。
「笨蛋!我麵煮好了,快點進來吃。」
周昱愷搭上她肩膀,兩個人腳步輕快地離開我視線。
原來他們才是一對的啊!我一直以為周昱愷喜歡的是張寧希。

※

「你是不是喜歡向子澄？」下課時，我攔住準備好手刀要往一年級教室狂奔的吳子陵。

「小太陽？」他一臉詫異。「沒有啊！」

「那你幹麼一直纏著她？」他每天都跟向子澄他們一起上下學，然後在我們共用走廊上畫畫。

真的不誇張，他們四個會搬出畫具到走廊一起畫畫做作業。

每當我從徐思秧她家回來，一出電梯便會聽見他們的嬉鬧聲，不知道是在玩，還是真的在寫作業。

「我是跟他們一起玩，不是纏著她好嗎？」他露出無辜的表情。「誰叫你都不跟我玩。」

「幹噁心！誰要跟你玩，白痴！」被我狠狠踹了一腳，吳子陵摸摸鼻子轉身離開。

「欸！幫我把這個給向子澄。」我從書包裡拿出一本筆記，丟到吳子陵手中。

「自己的直屬自己照顧好不好！」

「沒空，我要跟徐思秧去看電影。」說完，轉身離開他的視線。

說到直屬，向子澄是我用心機換來的。

比起系上其他情竇初開的學妹，有男友又好相處的向子澄，是我心裡唯一的選擇。

某天晚上，吳子陵又不經同意，帶著滷味進到我家裡。

「欸！你知道嗎？小太陽跟小寧希是這一屆的夯妹，大家都想辦法要賄絡楚琪，讓她做籤。」

我微微抬起頭。「做什麼籤？」

「要讓小太陽或是小寧希當他們的直屬學妹啊！」

吳子陵笑著打開冰箱尋找飲料。

「楚琪有那麼大的權力可以決定誰是誰的直屬？」我挑眉。

還記得大一時，我抽到的直屬是學姊，她一臉濃妝豔抹令我感到反胃，於是我只說了一句「我覺得我不需要直屬」。

從此，就沒看過那個學姊了。

只聽到了很多關於我很囂張很自以為的傳言。

扯遠了。

「嗯！她是學生會的。」吳子陵點點頭，看向我。「你覺得我要選哪一個好？」

「選什麼？」

「直屬學妹啊！以我跟楚琪的交情，她絕對會幫我的。」

「你感覺比較適合張寧希。」

「為什麼？」他嘴裡塞進大口滷味。

「因為向子澄，我要。」

吳子陵瞪大雙眼，嘴裡的食物全掉了出來。

我也嚇到說不出話來，那句話完全是不經思考，自己蹦出來的。

他放下手中的碗筷，緩緩地走到我面前。「老天！我現在完全不知道該說些什麼了。」

「咳……我只是……因為向子澄手繪很厲害。」我尷尬清了清喉嚨。「如果她是我直屬的話，感覺可以幫助我很多。」

吳子陵一臉我懂了的表情。「拜託！你們是鄰居，要她幫忙還不簡單，小太陽讓給我啦！」

「你喜歡她是不是？」我瞇起眼。

雖然不是一個古板的人，在沒結婚之前人人有機會可以橫刀奪愛，只是我一想到，要是向子澄因為吳子陵而捲入三角戀就是一陣煩悶。

「沒有，就說了我真的沒有喜歡向子澄！」吳子陵攤攤手。

「那你幹麼硬要選她？」

「因為大家都要她，我就想搶一下。」他揚起一抹邪笑。

目送吳子陵離開後，我拿起手機。「楚琪，妳不是一直很想要造型概論的筆記嗎？」

「對啊！」

「我可以給妳一份，但是有一個條件……」掛上電話後，我露出得意笑容。

只要是我想要的，誰都別想跟我搶。

「你也太心機了吧！」坐在我身旁的徐思秧發出了嘖嘖的聲音。

「還好吧！」我聳肩。

「所以你到底為什麼也要那個小學妹？」

「因為她真的很有實力，我需要這樣的幫手。」

「徐浩。」她微笑地拍拍我肩膀。

「幹麼？」

「以前的你是不需要幫手，也與世無爭的。」淺嘗一口咖啡，她意味深遠地看了我一眼。「看來我可以在你心裡退位了。」

我不滿地瞪了她一眼。「不要決定我的真心，我要愛妳愛到妳放棄謝康昊。」

「那你可能等不到了。」她苦笑，推了我一把。「到底為什麼要跟我一起淌這灘渾水！」

「不知道，可能我有初戀情節。」回應她一記苦笑。「所以我們今天要看什麼電影？」

「等等！我接個電話。」趁她走到旁邊接電話的空檔，我快速搜尋了最新的影評。

「徐浩……對不起……」

「怎麼了？」

「謝康昊在發燒，我想陪他去看醫生……對不起我……」

看著她為難的表情，我輕輕地嘆了一口氣。

「去吧！記得要戴口罩，不要被他傳染了。」至少我在她心裡，是會讓她感到為難與愧疚的。

「真的很對不起。」

「算了啦！快去啦！」我甩甩手，假裝不在意。

看著她焦急離開的背影，我真的已經數不清是第幾次，被她擱下了。

「說我是候補男友是不是太自以為了。」失落地垂下眼，獨自在影城大廳喃喃自語著。

看著手中特地去買的優待券，那就自己看吧！都已經到這邊了。

「徐浩學長！」清澈嘹亮的聲音在我身後響起。

「妳在這邊幹麼？」

「原本要跟昱愷一起看電影的，不過寧希忘記帶鑰匙，他去接她了。」她笑起來有深深的酒窩，但是此刻她的酒窩消失了。

認識她一段時間，我發現她只有在真正開心時，酒窩才會出現。

所以她現在的笑，是假的。

「妳在等他們是嗎？」雙手插進口袋裡，我瞇著眼看她。

搖搖頭，她輕聲地說：「他們應該不會來了，寧希心情不好。」

「那妳要怎麼回去？」

「坐公車，因為我是被昱愷載來的。」

「他載妳來，不用負責載妳回去？」果然是長得像謝康昊的傢伙，一樣討人厭。

「我習慣了啦！」她在笑，一樣是沒有酒窩的笑。

是我多心嗎？

還是他們之間真的有一些不好說的關係。

第三章

「還是你要跟我一起看，反正我們都是一個人了。」她眼光一亮，拉起我的袖口。

「我什麼時候一個人了？妳哪隻眼睛看到我一個人了。」我輕輕甩開她的手。

「這兩隻。」她伸出手，指著自己的水靈大眼。「看到一個漂亮女生走掉了。」

「靠！」沒想到會被看到，我作勢要戳瞎她雙眼。

「不要！」向子澄笑著抓住我的手指，吐了吐舌頭。

她笑了，有酒窩的那種。

「妳要是敢說出去就死定了！」

「我當然不會說，你惹女朋友生氣了嗎？」

「我沒有女朋友。」

「那剛才那個漂亮女生是？」

「關妳屁事啊！」我瞪了她一眼。

我想我真的是瘋了，才會陪向子澄看卡通動畫片。

劇情無聊到不行，她竟然可以在我身旁哭得一塌糊塗。

「拿去啦！」我遞了面紙到她面前。

「謝謝。」

她哭得實在是太誇張，直到人潮慢慢散去我們才緩緩起身。

「向子澄妳最好給我冷靜一點，無敵破壞王到底有什麼好哭的？」我沒好氣地拉著她走出電影院。

「……」

「走到停車場之前要是妳還在哭，就真的自己搭公車回去。」

「你要載我？」她擤了擤鼻涕。

「廢話，天氣這麼冷，我要是讓妳在外面等公車我還是人嗎？」

「你有多帶安全帽嗎？」好像真的怕我不載她一樣，她很努力地忍住淚水。

「我開車。」拉著她走到副駕駛座，順手開了門。「小心頭。」

她轉過頭來，漾著閃閃發亮的眼睛。

「我是怕妳撞壞了我的車賠不起。」

「嘖嘖。」她偷偷翻了一個白眼，雖然時間很短，仍是落入我眼裡了。

不管是她亂哭一通，還是偷翻我白眼，都比她假笑好看多了。

我以為她會整路嘰嘰喳喳的講個不停，可是她沒有，只是靜靜地凝視著窗外的景色。

氣氛很寧靜，卻不至於尷尬，她好像是除了徐思秧以外，可以讓我感到自在的女生。

「學長我問你喔！」

「嗯。」

「是等一個人來愛你比較難，還是等到你不愛她了比較難？」

「什麼？」正好碰上紅燈，我轉過頭去看她。

她又哭了，跟剛剛看電影時不同，眼淚撲簌簌地直落到她胸口——有一句話說得好，感動的淚水是沿著側臉滑落，而難過的淚水則是直直落下。

「妳在為了什麼事難過嗎？」我不太會安慰人，只能遞上面紙。

「一個很無聊的愛情故事。」

「什麼樣無聊的故事可以讓妳哭成這樣？」

「就是我喜歡著一起長大的朋友。」她伸手抹去淚水。「可是他喜歡著另外一個一起長大的朋友。」

餘光發現綠燈了，我收回視線，沉默許久。「這是一個愛情的三角習題是嗎？」

「對。」她深深嘆了一口氣。

「我來猜，妳愛的是周昱愷、周昱愷愛的卻是張寧希。」

「這麼明顯嗎？」她輕笑。

「不明顯，只是妳看他的眼神，和我看徐思秧的眼神很像。」每次他們幾個在走廊上畫畫，向子澄的眼神都會停留在周昱愷身上；他們去吃宵夜，吳子陵說向子澄總是嚷嚷著要給他載，然後把張寧希推到周昱愷身邊。

「徐思秧是剛才那個漂亮女生嗎？」

「嗯。」輕哼了一聲，對於徐思秧的故事，我缺乏分享的經驗。

「我們三個人是青梅竹馬，大概是在國一那年吧！我發現自己喜歡上了昱愷，可是就在我準備告白時，他告訴我他很喜歡寧希。」向子澄望著前方。

而我看了她一眼，直搖頭。

「只可惜那麼多年過去了，寧希始終沒有把昱愷放進眼裡，而昱愷的眼裡，也沒有我。」

我不禁為自己選了一個智商有問題的直屬感到悲傷。

怎樣的腦袋，才會跟喜歡的人還有情敵，住在同一個屋簷下？

「可以問妳一個問題嗎？」

「可以啊！」

「妳幹麼跟他們住在一起？」

「因為我把寧希當朋友，也想跟昱愷一起生活。」

「張寧希知道妳喜歡周昱愷嗎？」

「不知道。」

「妳腦子用什麼做的？屎嗎？」不要怪我講話太狠毒，是她的情商真的低到不可思議。

「我聽子陵學長說，你的情商也沒高到哪去。」她忍住笑意，偷偷地瞄了我一眼。

「他跟妳說了什麼？」

「他要我自己問你。」

「很好，那我永遠也不會告訴妳。」

嘴上雖然是這麼說，向子澄卻成了第一個被我邀請進家裡的客人。

我們聊她的過去、付出、還聊出了一堆眼淚。

看了看手錶。「一點了，妳該回家了。」

「就住在對面而已，我也想聽你的故事。」她盤腿坐在沙發上，伸了一個大大的懶腰。

「有的是機會，妳該回去睡覺了。」

「睡一覺起來，周昱愷就會愛上我了嗎？」

「想得美，備胎。」我笑說。

「靠！他才沒有把我當備胎。」

她朝我的臉丟了一個大枕頭，然後收起笑容說：

「學長。」

「幹麼？」

「你覺得我現在回去昱愷會等我嗎？」

「我怎麼知道，我又不是他。」

「他會等，他絕對會在門口等我。」

「他等妳幹麼？」

「因為他說過，我是他最疼愛的妹妹。」看著向子澄一臉幸福的樣子，我胸口就是一陣煩悶。

「腦殘！」冷哼了一聲，拉起向子澄走出門外，我就要看看周昱愷是不是真的在等她。

鑰匙轉動門把的那瞬間，門被打開了，周昱愷一臉嚴肅地站在我們面前。

向子澄下意識退後，讓我擋在她與周昱愷面前。

「你這麼晚還沒睡啊！」

「向子澄要我跟妳爸告狀是嗎？」周昱愷完全無視我的存在，一把拉過向子澄。

一個重心不穩，向子澄被門檻絆倒了。

「她是在我家做設計展的東西，如果有什麼問題，可以直接找我。」我看了周昱愷一眼，餘光撇見了穿著卡通睡衣的張寧希。

「你們怎麼了？」她揉揉眼睛。

「沒什麼事，妳不是在發燒嗎？怎麼起來了？」周昱愷快速旋過身，小跑步到張寧希的身邊。

向子澄起身，對我露出勉強的微笑。「你看吧！他真的有在等我。」

「向子澄妳腦殘是不是？他平常都是這樣對妳的嗎？」其實我看得出來周昱愷對向子澄並不差，但是他對張寧希的呵護太明顯，對向子澄來說，何嘗不是一種傷害。

她伸手摸了摸破皮的膝蓋。「我習慣了啊！」

「要不要擦藥？」我瞥了她一眼。

「不用啦！學長你快回家吧！晚安！」

「晚安。」

我關上門，走出他們的世界。

※

認識了向子澄，才發現徐思秧對我真的很仁慈。

她不讓我有希望，便是希望我不會再失望；周昱愷一再的溫柔，只會讓向子澄更深陷其中。

果然有桃花眼的傢伙很討人厭。

「你今天心不在焉。」徐思秧的杏眼在我面前眨呀眨的。

「我在想事情。」每天放學就在咖啡廳讀書，是我跟徐思秧的默契，不過我最近有在考慮是不是該省下這筆錢了。

「聽說你們的設計展要開始了，到時候可以去參觀嗎？」

「當然，歡迎妳來。」

「你這次也是單槍上陣嗎？」她輕輕攪拌著眼前的熱可可。

「沒，這次帶了一個學妹，她的東西很細膩很特別，妳應該會喜歡。」提到向子澄，不知道她上次摔倒的傷口好些了沒。

「這個學妹，跟你常常掛在嘴邊的學妹是同一個人嗎？」

徐思秧瞇起眼，露出不懷好意的笑容。

「收起妳那個怪表情，我先回家了。」為了確保向子澄能做出我要的品質，我已經好一陣子沒去徐思秧家做作業了。

一出電梯，果不其然又聽見了他們的嬉鬧聲，吳子陵帶著張寧希在做產品包裝、楚琪則是帶著周昱愷做文創產品。

而我的向子澄像個小媳婦般，一臉哀怨地蹲在角落。

「阿浩你總算是回來了。」吳子陵起身走到我身旁。「你到底是怎麼折磨小太陽的？周昱愷說她已經三天沒睡覺了。」

「我哪有，你不要含血噴人。」頂多是要她一直重做而已，又沒說她不准睡覺。

我朝向子澄走去，蹲在她面前輕聲說道：「妳真的三天沒睡？」

她怯弱地點頭，拉著我湊到她嘴邊。「我是真的三天沒睡，但不是因為你的關係啦！」

「因為他？」我用眼神示意了周昱愷。

「嗯。」得到了肯定答案，我牽起向子澄。「既然妳都可以三天沒睡了，那就來我家把剩下的進度做完吧！」

「阿浩！」楚琪手攬住向子澄，不諒解地看著我。「讓她休息。」

「向子澄。」不理會其他人怪異眼光，我眼中只看得見向子澄。

「學姊，妳不是說早死早超生嗎？我剩下一點點，做完就好了。」她揚起燦爛的笑容，跟著我的腳步進到我家裡。

走進房間內，我抱著枕頭和棉被丟到向子澄身旁的沙發上。

「妳在這邊睡一下吧！我保證妳的愛人，和妳愛人的愛人都不會出現。」說完，我轉身走回電腦桌前，繼續處理未完的設計圖。

「可是你不是要我做完進度嗎？」

「我騙他們的，不這樣講不然是要我說，向子澄來我家睡覺，這樣嗎？」

「學長。」她輕喚我。

「嗯？」

「謝謝。」

我沒有抬起頭，但是聽得出她聲音是放鬆且自在的。

「不會。」

不久後，我聽見了她微微的鼾聲，悄悄地走到她身旁，看著眼下那駭人的黑眼圈。

「為什麼要把自己搞成這樣呢？像個笨蛋一樣。」

同樣都是暗戀陣線聯盟的一員，我照顧自己的能力真的比她強多了。

蹲坐在她身旁，我拿起手機

「喂！」熟悉的女聲響起。

「我想問妳，黑眼圈太重要吃什麼比較好？」

「喝紅棗水，我都是這樣消黑眼圈的。」

「哦，謝謝。」我在腦海中思考著要去哪買紅棗。

「等等！你什麼時候在意過黑眼圈了？你談戀愛了喔？」話筒那頭傳來了雀躍的聲音。

「我只是在想一個產品設計的東西，先這樣我去忙了，掰掰。」

「掰掰。」

匆匆地掛上電話，其實我也沒什麼好說謊的，只是不想讓她誤會我對別的女生好。

徐思秧還貼心地在掛上電話後，傳了煮紅棗水的食譜給我。

拿起鑰匙，出門前輕輕地幫向子澄蓋好被子，經過走廊時我對著周昱愷說：「不要進去吵她，她要是再做不好會被我宰了。」

周昱愷先是一愣，接著露出淺淺的微笑。「好，我不會去吵她。」

楚琪皺著眉搖頭。「我可憐的小太陽，這樣的日子跟下地獄有什麼兩樣。」

「妳不也是把她推入地獄的共犯嗎？」我湊到她耳邊輕聲地說。

懶得去探究楚琪臉上的表情，我自顧自地搭著電梯離開，沒注意到吳子陵怪異的眼光。

「學長！」

天色已經暗了，昏暗的小夜燈下，我看著坐起身的向子澄。「幹麼？」

「我肚子餓。」她張著那雙水靈大眼，傻呼呼地看著我。

「很餓就起床吃飯啊！妳當我是管家啊！看妳睡覺還要餵妳吃飯。」

「餓到走不動了，我的床旁邊都會有餅乾，吃完我才有力氣下床。」她理所當然地朝我伸出手。

「浮誇。」翻了個白眼，起身走到廚房去找食物。

當我再次走出來時，向子澄一臉要死不活癱在沙發上，眼神空洞地望著我。

「妳到底想怎樣！妳是沒睡覺，不是沒吃飯吧！」我遞上剛煮好的水餃。

她興奮地一把搶過，卻被玻璃碗燙到了。「好燙！」

「笨！」我搖頭，抽了幾張衛生紙到她手上。「情商低沒關係，智商也低是想怎樣。」

「我這幾天看到昱愷一直照顧寧希就吃不下嘛。」

「張寧希又怎麼了？她這個人感覺毛病很多。」不是針對，是因為張寧希真的是個標準養尊處優的大小姐，好幾次我都聽到她在指使向子澄做家事。

「她身體不好，小時候我們的媽媽都要我們讓著她一點，不知不覺寵她就成了一種習慣了。」向子澄一邊往嘴裡塞水餃，一邊講話。

「寵她是沒關係，但是妳也不用把自己當女傭在生活吧！」

「我不只寵寧希，還更寵昱愷。」又來了，提到周昱愷，她的眼睛就會笑成一彎弦月。

「真的只有妳，才可以超越妳自己創造出來的腦殘極限。」

「學長！」她大叫。

「幹麼？」

「我覺得你沒有大家說的那麼難相處，雖然你很嘴賤，可是我覺得你對我很好。」

「謝謝誇獎。」想起了正在煮的紅棗水。「我是真的對妳很好。」

看到櫃子上的粉紅色馬克杯，那是大一搬進來時，特別為徐思秧準備的，只可惜它的主人從來沒踏進這間屋子裡半次。

直盯著馬克杯發呆，甩甩頭，卻發現向子澄笑臉盈盈地站在我身旁。

「這是那個漂亮女生的專屬杯子嗎？」

「其實妳可以稱她學姊或姊姊。」

向子澄點頭，拿起馬克杯。「好好喔！寧希也有一個豈愷特地為她準備的杯子。」

「不過就是杯子而已，妳有必要露出那麼羨慕的樣子嗎？」看著她閃閃發光的眼睛，我失笑。

「這你就不懂了，專屬這個詞，對女生來說真的很夢幻，就好像是誰的公主一樣。」

「是喔。」對於她的話完全不以為意，我走到瓦斯爐前看著滾開的紅棗水。

「杯子給我。」朝向子澄伸出了右手。「我裝給妳喝。」

「不要！這是人家專屬的杯子，我要拿別的。」她迅速地把杯子藏到身後。

我翻了白眼。「我家就只有兩個杯子，一個是這個粉紅色的、一個是我的。」

「那我用你的。」

「為什麼？」

「因為這是專屬漂亮學姊的，你懂嗎？專屬的意義。」她一臉認真。

「我不懂。」而且我更不懂的是，到底幹麼為了一個無聊的杯子，浪費口水在這裡跟她爭辯。

「那我回家拿自己的。」看見向子澄真的轉身離開，我趕緊伸手拉住她。

「杯子她沒有用過，甚至不知道這個杯子的存在，所以妳快點拿來給我裝東西。」

「為什麼？」

「妳問這麼多幹什麼。」一把搶過她身後的馬克杯，小心翼翼把紅棗水倒進去。「喝完之後，趕快滾回妳家，我要出門了。」

「你這麼晚要去哪？」

「關妳屁事！」

走出廚房餘光瞥見她因為被熱水燙到而皺起眉頭的樣子。

「向子澄，妳不要像個白痴好嗎？連要先吹冷都不會。」

「你講話真的比胖虎唱歌還難聽！」她對我做了個鬼臉。

「謝謝誇獎。」

我收拾著桌上的筆電，想起了前幾天周昱愷載著張寧希回來的畫面，他們早上明明是一起出門，那向子澄怎麼回來的？

此時她正拿著杯子緩緩向我走來。「我喝完了，學長你可以出門了。」

然後她竟然給我躺回沙發上，還自己蓋好被子！

「請問主人要出門，然後客人躺在沙發上是什麼概念？」我雙手交叉，站在她身旁。

「一種學長出門，學妹幫忙顧家的概念。」她索性直接閉上眼睛。

「向子澄妳給我起來喔！誰要妳幫我顧家了？」大力抓住她的手腕，使勁地把她從沙發上拉起來。

「我不要！」她頑強抵抗。

「快點啦！我要遲到了啦！」管不了什麼憐香惜玉的，我雙手夾住向子澄的頭，狠狠往上提。

「啊！」整個家裡充斥著她的尖叫聲。

僵持了不下五分鐘，我決定放棄。

「不管妳到底為什麼要一直賴在這裡，反正我現在就是要出門，在我回來之前，妳都給我老老實實地待在這裡，要是被闖空門，妳就照價賠償。」向子澄固執的程度簡直神的境界，要是我再跟她爭下去，絕對會遲到。

「沒問題，我會一直躺在客廳，就像往生者的屍體都會擺在客廳一樣。」

「妳知道自己在講什麼嗎？」對於她的邏輯，我真的永遠只有佩服的份。

「你快點出門。」

得到我的同意後，她一躍而起，整理了我的服裝儀容，還動了我剛抓好的髮型。

「妳現在又是在幹麼？」這樣的舉動太親密，我下意識往後退了一大步。

她被我誇張的反應嚇到了，但是很快就收起錯愕的表情，又露出她那一貫的淺淺笑容。「我照顧別人習慣了，看到衣服沒穿好就是會想幫忙調整。」

「嗯，謝謝。」

不自在地點點頭，我幾乎是落荒而逃地離開家裡。

※

已經很習慣向子澄出現在日常生活裡，她約我去學餐吃難吃到不行的陽春麵、她把我當維基百科什麼都問、她以為我是垃圾桶什麼壞心情垃圾話都倒在我這裡。

可是我並不喜歡這樣的感覺、我不喜歡平靜的生活被誰給入侵、更不喜歡有誰成為我的習慣，然後我就戒不了了，就像徐思秧。

當我想要徹底忘記她時，才發現喜歡已經是一種習慣，而不只是一種情緒。

我也想去再愛上某個誰，但是那個人絕對不能是向子澄，人是經驗動物，知道喜歡上一個心裡有別人的女生會有多辛苦，所以不管怎麼樣，向子澄都不會是我的選擇。

「徐浩快點！開演了！」而我的習慣現在就站在不遠處。

「好！」我微笑地跑向她。

「你也太慢了吧！都已經開始五分鐘了。」她嘟著嘴。

「對不起啦！我剛剛有事情耽擱了。」

「難得我們徐浩會有遲到的時候。」說話的是她的哥哥，一個總是會幫我製造機會的好哥哥。

哥哥很希望我能成為他的妹婿，我何嘗不想呢？

「來！我們的位置在最右邊三個。」思秧拿著電影票，輕聲說道。

哥哥朝我使了個眼色，我點頭。「我先坐進去了。」

「那哥哥你去徐浩旁邊，我喜歡坐外面。」思秧態度自然地坐了下來。

我知道，她絕對不是故意安排哥哥在我們中間，只是她不知道的是她為了心裡的那個人，把我隔絕得有多徹底。

我給了哥哥一個釋懷的微笑。

只是我知道，我根本無法釋懷。

「浩你開車吧？我妹就交給你了，我還要回去加班。」走出戲院，哥哥搭上我的肩。

「哥！現在是晚上十一點，你還加班是不要命了嗎？」徐思秧張開雙手，擋住哥哥的視線。

「妳乖。」不理會她，哥哥快步走向電梯間。

「我載妳吧！」在徐思秧前頭，打開了副駕駛座，她卻自己開了後座的門。

我伸出手擋在她與門之間。「坐前座吧！不要讓我真的覺得自己是妳的司機。」

「好。」點點頭，她坐進了副駕駛座。

有一瞬間，我的腦海裡閃過了向子澄上次，坐進我副駕駛座前扮鬼臉的樣子。

「妳有想去哪裡嗎？還是我直接送妳回家？」我大力甩甩頭，想那個愛情弱智幹什麼！

「心情不好，那我們去喝酒。」

「不可以！拜託妳不要那麼沒有警覺性，好歹我也是個男的。」我笑著搖搖頭，她是忘記了我是愛著她的男人嗎？

「你又不會對我怎樣，不然你說我們還可以去哪裡啊！」她繫上安全帶，一臉理所當然的樣子。

「不然去看夜景呢？」我記得電視上都是這樣演的。

「好啊！那就去你推薦的地方。」

愣在原地許久，天殺的我根本沒看過夜景，哪來的推薦景點。

「我問一下我朋友，上次去的地方在哪裡。」隨口撒了個謊，我看著手機裡僅有的兩個聯絡人資料，雙手直冒冷汗。

靠！我要是問了吳子陵，他絕對會逼問我跟誰去、但是問向子澄不是更怪嗎？她感覺就不是會去看夜景的女生。

「你什麼時候有朋友了？」徐思秧忍住笑意，一臉看好戲的樣子。

「講什麼鬼話！」不想被識破，我一個衝動按下了向子澄的手機號碼。

「喂！學長你該不會是知道我偷吃冰箱裡的東西，所以打電話來罵我吧？」我都還沒來得及開口，向子澄倒是把自己做的好事都說完了。

「回去再跟妳算帳，先告訴我上次我們去看的夜景叫什麼名字。」天知道我們根本沒看過什麼鳥夜景。

「夜景？我們？」她一頭霧水重複了幾次我的問題。「喔！我懂了！妳現在跟漂亮學姊在一起齁！」

「對啦！所以妳快點想起來啦！」沒想到她竟然這麼聰明，真的沒有白疼她。

「你這樣不行啦！帶女生還跟我講電話，我查一下有沒有推薦的地方，等等傳訊息給你。」說完便掛上電話，連讓我說再見的機會都沒有。

我尷尬地對著空氣說了聲再見，轉向徐思秧。「等一下！我朋友要找地址給我們。」

「我們徐浩長大了！」徐思秧瞇著眼，緩緩從座位下方拿出一支唇膏。「交女朋友了？」

「向子澄這個低能兒！」一直吵著是我弄丟了她的唇膏，結果她根本是自己忘在我車上了。

「她叫子澄？感覺很可愛耶。」徐思秧笑著把唇膏放在我手上。

「她才不可愛，她也不是我女朋友。」

「徐浩。」徐思秧輕喚。

「如果妳要問她的事情我不會回答，因為我跟她真的沒什麼。」

「我只是要說，可以在這邊等一下嗎，我要去大便。」她憋住笑。

「喔，好。」

趁著她去廁所的空檔，我再次撥了電話給向子澄。

「妳到底查到了沒？」

「我手機忘記繳電話費沒辦法上網啦！」她在電話另一頭焦急地大叫。

該死，豬一樣的隊友真的就是在說她這種人。

「連我家網路啦！密碼是0124。」

「好！那先這樣。」匆匆掛上電話後，我看著手機失笑。

有夠白痴，我找向子澄幫忙很白痴、向子澄沒繳電話被停話更白痴。

不久後她傳來了幾個熱門的景觀餐廳，還幫我做了一些簡單的註記。

「我好了。」徐思秧打開車門，粗魯的一屁股坐了進來。

「稍微注意一下好嗎？妳的系花形象。」

我斜睨了她一眼，發動車子準備前往向子澄大力推薦的地點。

「在你面前我不需要有形象好嗎？」她笑著脫下了鞋子。

是啊！我好像真的從來就不在意她在我面前是什麼樣子，以前我們還在一起時，她想大便就直接說大便、出門約會就算不打扮我也ＯＫ。

她想怎樣我都接受，只要她開心就好，所以就算到最後分開了，我還是老話一句。

「妳好，我就好。」

第四章

向子澄最推薦的餐廳，竟然在一個鳥不生蛋的鬼地方，沿途根本沒幾盞路燈，我合理懷疑她是積怨被苦毒太久，想害我摔下山死亡。

「好像到了！天啊！好漂亮！」隨著徐思秧的驚呼聲，我注意到了前方燈火通明的小木屋。

室外的桌面上都點了小小的蠟燭，伴隨著晚風輕輕搖曳生姿，真的很美。

「你朋友很有品味。」徐思秧豎起大拇指。

「我也覺得。」姑且先忘記向子澄個性很白痴，品味倒是真的滿好的。

我們選定了室外可以看見繁華夜景的座位，她也很熟練地為我點了一杯熱拿鐵。

「說吧！妳跟謝康昊又怎麼了？」我雙手抱胸，輕輕靠上椅背。

「你怎麼知道我心情不好是因為他？」她挑眉。

「拜託妳徐思秧會心情不好的原因，除了謝康昊，還是只有謝康昊好嗎？」

「哈！還是你最了解。」

她輕嘆一口氣，簡單敘述了她遇到的愛情難題。

其實問題很無聊，就是覺得謝康昊女人緣太好，吃醋了，但是她沒有吃醋的資格。

嗯，就跟我一樣。

「這很簡單，去找他把話講清楚，不要自己悶在心裡，也不要去猜他的心。」

「我到底該怎麼做他才會愛上我。」低下頭攪亂了拿鐵上好看的拉花，這是她傷腦筋時的標準動作。

「恕我給不起答案，因為我對自己的感情也是無能為力。」

我緩緩起身，走到離她不遠處點了一根菸。

徐思秧很殘忍，對我說著她對別人的愛有多深刻、卻很仁慈地對我保持著安全防衛的距離。

手機鈴聲響起，是向子澄。

「幹麼？」我接起電話，口氣不算太好。

「學長你要回家了嗎？」她的聲音聽起來很疲憊。

「妳要睡覺就先睡，我沒那麼快回家。」

「所以我真的可以住在你家一天嗎？」她興奮地驚呼。

「可以。」其實在答應的當下我就後悔了，看著徐思秧的背影一股罪惡感襲上心頭，我愛著她，家裡卻有著另一個女孩的氣息。

之後發生了什麼事我沒有記憶，心裡只有一個清楚的念頭。

我必須要跟向子澄保持距離。

推開家門，打開客廳的大燈，捲曲在沙發上的向子澄映入眼前，電腦桌旁我們的產品模型已經完成。

「真厲害……」那完美的手工技術絕對是出自她之手，設計圖我畫的很難，沒想到她竟然能在短短的幾個小時內做完。

沙發上發出微弱的聲音，我轉過頭看見向子澄正努力睜開眼看我。

「你回來了喔。」見她一臉吃力，我趕緊關掉大燈，只留下擺在我們之間的一台立燈。

「嗯。」我靠向她。「妳不是三天沒睡覺嗎？怎麼全部做完了？」

「總不能真的一直在你家睡覺吧！」她輕笑，伸手整理了亂掉的瀏海。

「妳不回家周昱愷不會來要人嗎？」

「先別提他了，說說你的浪漫約會吧！」她眼裡快速閃過的失望又再次落入我眼裡。

「浪漫個毛，我只是去當愛情顧問而已。」我坐到她身旁的空位，整著身體陷進沙發裡的感覺真好。

「看來你也滿慘的嘛！」

「沒妳三天不能睡覺慘。」話一說完招來向子澄一記白眼。

她在學校絕對不會這樣，什麼翻白眼、耍嘴砲，通通都看不見，大家都以為她是甜美小公主。

向子澄瞪了我一眼，躺進沙發裡，輕輕靠上我的肩膀。

「欸！我們是不是應該要保持一點距離比較好。」我閉著眼睛，緩緩開口。

「為什麼？你是我除了周昱愷以外，唯一的男生朋友耶！」沒想到會聽到這樣的回答，我張開眼看見她一臉錯愕的樣子。

「你不是跟吳子陵也很好嗎？我們班也很多男生在追妳啊！」

「我跟子陵學長沒有我跟你熟，你們班的男生我也沒興趣。」她嘟著嘴，一臉埋怨。

看著她那樣無辜的表情，其實有點心軟，可惜她和徐思秧擺在一起時，我還是會選擇徐思秧。

「因為我不想讓我喜歡的女生誤會啊！」輕摸她的頭，盡可能讓氣氛輕鬆一點。「妳也不希望周昱愷誤會吧！」

「他才不會在意……如果連你都不跟我好，那我的心事要跟誰說……」向子澄默默坐到地面上，把頭垂得很低很低。

「我也不是不跟妳好，就只是覺得我們好像有點太好了。」我跳下沙發坐到她面前，急忙地解釋。

「我們只是比較聊得來，這算哪門子的太好？」她仍是不放棄。

我靜靜看著她，其實是我對她的好已經超過了界線，所以需要一點的安全距離。

向子澄的眼裡滿是不諒解，我一臉無奈，這樣的理由說出來太奇怪了。

我們凝視著彼此，直到門鈴聲響起。

「應該是周昱愷來找我要人了吧！」我起身。

「跟他說我不在。」向子澄飛快地回到沙發上，用被子蓋住自己的頭。

我推開大門，站在門外的正是周昱愷，他臉色鐵青，像是要置我於死地的樣子。

「學長，現在時候不早了，可以讓子澄回家了嗎？」

「我沒有要留她的意思，但是她要我跟你說，她不在。」我承認我是為了氣眼前這個長得有點像謝康昊的傢伙，才這麼說的。

「學長抱歉了。」周昱愷越過我，走到沙發前。

我冷眼看著他拉下向子澄的棉被，而向子澄緊閉著雙眼裝睡的樣子。

「起床了！向子澄妳不要挑戰我的耐性。」周昱愷粗魯地拉起向子澄，她依然緊閉雙眼。

她真的是一個白痴，身體都被撈起來了，最好還睡得著。

「看來她睡得很熟。」我忍住笑意。

「學長，我並不反對她談戀愛，但是我希望她能遵守女生不在外過夜的約定，因為這是她親口答應她媽媽的。」

周昱愷終於放棄了裝睡的向子澄，轉向我一臉認真說道。

「跟我說幹麼！我又不是她的戀愛對象。」我冷著一張臉。

「你們不是在交往嗎？」

「當然不是啊！」我瞪大雙眼，到底哪裡來的靈感我會跟向子澄交往。

「那學長是喜歡她的吧？」他繼續追問。

「你問那麼多幹麼？你喜歡向子澄是嗎？」

我靈機一動，決定幫向子澄一把。

周昱愷沉默了一會，緩緩開口道：「我只把她當成很重要的妹妹，所以我希望學長，你要是不喜歡她就不要給她亂想的機會。」

這樣一番肺腑之言真的差點讓我笑出來，這句話應該要對他自己說吧！

「你說她只是妹妹，但是在我眼裡看來，你對她的好不是妹妹那麼簡單。」

哥哥是不會在半夜出現在妹妹房間、哥哥不會有事沒事就摟著妹妹，哪裡有那麼變態的哥哥請告訴我，我要報警。

「學長，你不知道我們的事情，所以你有這樣的疑問我不意外，反正我現在只想帶向子澄回去。」周昱愷再次走到向子澄身旁，一把將她抱起。

向子澄體重很輕，他抱起來輕而易舉，她卻對我使了個眼色。

「先讓她好好睡吧！累了三天她好不容易睡著了。」我用眼神示意他把向子澄放下。

周昱愷猶豫了，卻依然把向子澄抱在懷裡。

「拜託讓你『妹妹』好好休息，我真的對她一點興趣也沒有。」聽完我的話，周昱愷才緩緩地把向子澄放回沙發。

「那……」他欲言又止。

「幹麼？你想在這邊等她起來是嗎？」我雙手抱胸。

「不用了，我相信學長的為人。」轉身離開前，周昱愷給了我一個複雜的眼神。「向子澄真的是我很重要的人，所以請學長跟她保持一點距離。」

「嗯。」我點頭。

直到確認周昱愷離開後，我才轉過頭去看向子澄。

她雙手抱頭，肩膀微微顫抖。

「不要偷哭，我的棉被會濕掉。」我抽了幾張衛生紙遞到她面前。

「不要奢望一個不愛你的人去愛你，就像永遠不要期待能叫醒一個裝睡的人。」

向子澄聽話地坐起身，把頭埋進雙腿之間。

她的話在我心裡激起淺淺的漣漪，我想起了徐思秧說過的話：「徐浩，拜託不要對我有期待，我不想看到你失望難過的樣子。」

不要去奢望不愛我的人，愛我。

深深嘆了一口氣，我伸手輕拍她的肩膀。「為什麼總是在我面前哭啊！明明欺負妳的從來就不是我。」

「你不要管我，如果要跟我保持距離，就不要再關心我。」

看著她倔強的側臉，我失笑。「好啦！我收回，我還是你除了周昱愷以外，唯一的男生朋友。」

她就像一面明鏡，照映著我在徐思秧愛情裡的樣子。

我們都習慣讓自己看起來很卑微，用委屈來證明這份愛的存在。

會想對她好，只是因為她看起來很像我對吧？

我這樣對自己說。

向子澄哭了很久很久，直到我洗完澡走出浴室，才見她停下了淚水。

「妳要不要先洗把臉，哭成這樣真的很難看。」

「不用。」粗魯地抹了抹臉，她起身走到我的電腦前。「可以借我用電腦嗎？我還有作業沒做完。」

「嗯。」我坐在沙發上擦拭著頭髮，餘光偷偷看向她。

她其實很漂亮，但就是跟徐思秧很不同，一個是笑臉的大眾緣美、一個是孤傲的厭世美。

「學長！請你不要用同情的眼光看著我！」

對上她充滿殺氣的視線，我縮了一下肩膀。

「誰同情妳啊！」我走向她。「我只是不懂妳到底喜歡周昱愷什麼？喜歡他的帥嗎？」

「如果我是因為長相去喜歡一個人，早就變心喜歡上你了好嗎，你不是更帥嗎？」她仔細地盯著螢幕。

我認同地點點頭，不對啊！「妳幹麼趁機誇獎我！我知道了！妳在轉移話題。」

她輕笑，緩緩抬起頭。「這樣也被你發現，恕我無可奉告，因為這是天大的祕密。」

「那這樣好了，我們來交換祕密。」

「不要。」她鄭重拒絕。

「不要給我拿翹喔！我都退一步要拿我的祕密跟妳交換了。」我用力抬起她的下巴，逼她直視著我。

「那你先講啊！」她眨了眨雙眼。

「不要！如果我說完妳反悔了我很吃虧。」

「不要就拉倒，我要認真做作業了。」推開我的手，向子澄把視線拉回眼前的3D圖。

沉默地坐在桌邊雙手抱胸，我真的很討厭輸的感覺，今天絕對要逼她把祕密給我說出來。

大手一啪！壓下筆電，我露出得意的笑容。「不說就別想用我電腦。」

「學長你很幼稚欸！」她皺起眉頭大叫。

「我就是幼稚！妳快點給我說喔！」看著她一臉為難的樣子，原來當無賴是一件這麼爽的事情。

「好啦！但是你絕對不能說，要把祕密帶進棺材裡。」

以前我都是從徐思秧口中聽到，謝康昊是多厚臉皮多無賴的逼她就範，那時候的我覺得很無言，沒想到原來這一招這麼有效耶！

「我以人格發誓，絕對不會說出去。」

「我現在對你的人格感到質疑。」

瞪了我一眼，向子澄清了清喉嚨——

爸爸牽著莫約高我一顆頭的男孩。

「小澄澄！從今天起妳就多了一個哥哥喔！」

「為什麼我有哥哥？」我偏著頭望向媽媽。

「因為小愷愷的爸爸去了一個很遠很遠的地方，所以小愷愷和他媽咪要跟我們住在一起。」媽媽摸了摸我的頭，給了我一個溫暖的笑容。

「那他為什麼是哥哥？他年紀比我大嗎？」我伸手指向周昱愷。

「嗯，小愷愷早妳一個月出生。」爸爸點頭。

「喔！我懂了！你好哥哥，我叫向子澄，今年七歲。」我朝他伸出手，他膽怯地回握了我。

七歲那年，周昱愷的爸爸在一次救火任務裡殉職，身為大隊長的我爸，收留了周昱愷和他媽媽。

周媽媽把我當成親生女兒一般的疼愛，而我也深愛著她。

直到有一天……

「我什麼都不要，我只要帶我女兒走。」一個平靜的午後，剛睡完午覺的我被周昱愷帶到了大廳。

「美玲，妳冷靜一點！我們好好談談。」是爸爸的聲音。

「談什麼？還要談什麼？她住了我的家、睡了我丈夫，現在我連懷胎十月的女兒都要讓她是嗎？」媽媽歇斯底里地捶打著周媽媽的肩膀，我很害怕，周昱愷緊緊握著我的手。

「妳冷靜一點，那一晚真的只是一個意外。」

我聽不懂他們在說什麼，只看見爸爸和周媽媽跪在地上，周媽媽低著頭，不發一語。

「哥哥，我會怕。」我挨在周昱愷身旁，雙手不停顫抖。
「乖，哥哥會保護妳。」他環抱住我。
媽媽賞了周媽媽好幾個耳光，我躲在周昱愷的懷裡，看見他淚流滿面的樣子。
「哥哥為什麼他們要打架？」
「因為我媽媽做錯事了。」周昱愷的眼淚全落在我臉上。
媽媽回到外婆家了，一個星期只會回來住兩天，而那兩天我就不會看見周昱愷和周媽媽。
有一天放學，媽媽特地到班上接我回家，我開心地拉著周昱愷一起走。
「子澄，妳答應媽媽長大以後不要亂交男朋友，一定要好好挑選對象。」
「這個我不會，媽媽妳幫我選！」拉著媽媽的手，我覺得自己是最幸福的小孩。
「媽媽不能陪妳一輩子，妳要學會好好照顧自己。」
「阿姨！我可以幫妳好好照顧子澄！」周昱愷伸出手大力拍拍胸口。
媽媽露出淺淺的笑容。「那阿姨就把子澄交給你了！你可不要像你媽媽一樣說話不算話喔！」
周昱愷一愣，點頭道。「絕對不會，我會永遠保護她、疼愛她。」
「子澄妳答應媽媽，絕對不可以去別的男生家住，除非是妳的老公。」
「好，我知道了。」我大力地點頭。
「也不可以搶別人的東西。」媽媽把視線落在周昱愷身上。

他微微一縮躲到了我身後。

「我知道了，媽媽我肚子好餓喔！帶我們去吃麥當勞好嗎？」

「好！我的小寶貝要去哪，媽媽都會帶妳去。」媽媽笑著在我臉頰上落下一吻。

「可是在那之後，我就再也沒有見過媽媽了。」向子澄一臉茫然地看著我。

「她是去……？」我不敢說出腦海裡的答案。

「我不知道，也不敢問。」

「如果我是妳，我會恨周昱愷跟她媽媽。」我伸手拉著向子澄，一起走回沙發上。

「我恨過，但是如果不是周昱愷，我不可能堅強度過失去媽媽的那些日子。」她輕輕地靠上我肩膀。「我對他的恨，隨著時間，變成了依賴變成了愛。」

「他媽媽對妳好嗎？」

「非常好，她一直在贖罪，所以我不忍心再去責怪她。」

我一直以為像太陽一般存在的她，是在一個溫暖充滿愛的家庭長大。「辛苦妳了。」

「周昱愷對我好，是因為親情也是因為愧疚，但是他不知道，我從來就不曾把他當哥哥看待。」

「如果真的對妳感到愧疚，又為什麼三番兩次為了張寧希而丟下妳？」

「其實是我鼓勵他去的，我不喜歡看到他老是為了寧希難過的樣子，所以我叫他不用管我。」她搖頭苦笑。

「怪人。」我輕推了她的頭。

「我真的很怪，好像在用心酸與委屈，在懲罰自己愛上了，一個破壞自己家庭女人的兒子。」向子澄縮到我身旁。

「聽不懂。」

「其實我自己也搞不懂。」

我收緊雙手，將她埋進我的懷裡。

我們彼此沉默著，直到懷裡傳來微弱的鼾聲

「妳怎麼這麼會睡啊？」我動作很輕的把向子澄放在沙發上，她睡覺的時候習慣皺眉，就算我幫她揉開，還是會再皺起來。

坐回電腦前，我點開桌面上專屬向子澄作業的資料夾，滿滿的繪圖作品都有一個共同點，她的配色很繽紛，彩度卻很低。

就像她這個人，如太陽一樣照耀別人的生命，卻照不進自己心裡。

一堂必修的早八課，我竟然為了還在呼呼大睡的向子澄蹺掉了。

「學長。」一道柔軟的聲音響起。

我從廚房裡探出頭。「幹麼？」

「我肚子餓。」她折好被子，緩緩走向我。

「我在煮早餐了，妳先去刷牙洗臉。」

「我沒有牙刷。」
「我幫妳放在洗手檯了。」
「喔，謝謝你喔！」
陽光毫不客氣地灑在臉上，她吃力地張開眼，給了我一個無懈可擊的甜美笑容。
這就是外顯的向子澄，甜美、溫暖、笑容燦爛。
我煎了幾片培根和太陽蛋，在剛烤好的吐司上抹了滿滿的巧克力醬，最後搭配一杯冰牛奶，簡直就是完美。
「哇！學長你除了長得帥還會做菜！」向子澄一出浴室，就對著餐桌上的早餐大叫。
「當然。」雖然她的讚美很浮誇，但我還是虛榮地揚起了嘴角。
「我真的不懂漂亮學姊為什麼不喜歡你，她是不是眼睛看不到，所以只聽見了你的嘴賤，而沒看見你的帥臉。」她喜孜孜坐到餐桌前。
「妳再吵就不要吃。」我瞪了她一眼。
「我不吵，給我吃。」她摀住嘴，一臉無辜。
我搖搖頭，如果有她這樣的妹妹真的還滿有趣的，我好像明白周昱愷想照顧她的心情。
「對了！張寧希知道妳跟周昱愷的關係嗎？」
「她只知道我媽媽在我很小的時候就不在我身邊了，也一直以為周媽媽是我爸後來再娶的老婆。」她一臉平靜地喝光粉紅色馬克杯裡的牛奶。

「所以她也覺得妳跟周昱愷是兄妹關係？」

「對啊！要是她知道我喜歡周昱愷，絕對會當我在亂倫。」她苦笑，給我一個複雜的眼神。

「就算是這樣，我還是覺得周昱愷很差勁，用哥哥的名義對妳好，然後不對妳的感情負責。」我聳聳肩。

向子澄揚起淺淺的笑容。「他真的對我很好，好到我都覺得自己是他的親生妹妹了，你會愛上自己的妹妹嗎？」

「不會。」

「那你就不能罵他啦！學長你自己還不是不可能愛上妹妹。」

一時語塞，我沉默了。

當我們到學校時，已經是中午的事情了。

吳子陵用怪異的眼神看著剛下車的我們。

「看我幹麼？」我沒好氣撇了他一眼。

「徐浩，你看不出來是會劈腿的人耶！」吳子陵湊到我耳邊小聲地說。

「我哪時候劈腿了？」

「剛剛漂亮系花來找你，為什麼你現在是載著子澄出現？」

向子澄瞪大雙眼，像是做錯事被發現的小孩。

「放屁！她不可能從T大來，更不可能找得到我們班。」我沒有要跟吳子陵解釋的意思，這句話是講給向子澄聽的。

「靠！竟然騙不到你。」

吳子陵怪叫了一聲搭上向子澄的肩膀，帶著她離開我的視線。

「喂！」等到我回過神時，向子澄已經笑咪咪的，跑向一臉嚴肅的周昱愷身邊了。

向子澄親暱地挽起周昱愷的手臂，周昱愷先是瞪了她一眼，隨即露出真是被打敗的笑容。

聽完向子澄昨天的祕密，我好像比較能看懂他們之前的關係了，周昱愷確實是用對待妹妹的方式在看待向子澄的。

張寧希輕輕勾起周昱愷的另一隻手，他漲紅的雙頰落入了向子澄的眼底。

她又露出那種沒有酒窩的假笑了。

「徐浩！」楚琪在我身後輕喚。

「嗯？」

「你要我去查的，新生設計展成績出來了。」

「向子澄第幾名？」

「第一。」楚琪將向子澄的成績單交到我手上，分數之高，我驕傲地挑眉。

這是向子澄唯一一個沒有經過我指導的比賽，而事實證明，她的確是一個實力與努力兼備的設計人。

「你跟小太陽真的是天造地設的一對耶！」

「妳又想亂講什麼了。」

「我這句話可是有根據的，這次新生設計展的主題是向學長姊致敬，教授把我們大一時的作品名稱當作題目，要他們做出跟我們同樣主題的作品；向子澄第一眼就選中了你的，而且你看她的創作理念。」

楚琪翻開了資料遞到我面前。

「要不是她參賽的時候還不認識你，我幾乎要以為她是抄襲你的，她竟然懂妳那個像外星語的創作構想。」

宇宙裡沒有重心，對我來說你就是；行星會繞著恆星運行，而我卻追著你長大了。

看著向子澄的創作理念，紅了眼眶，短短一句話，道盡了我所有心事。

「沒有什麼抄襲不抄襲，只不過是對題目的解讀相似罷了！」拿著楚琪給的資料，我自顧自地往前走。

從來沒有遇見過了解我的人，徐思秧不懂，吳子陵更不用抱以期望。

向子澄啊向子澄。

能在茫茫人海裡找到妳，大概是我這輩子唯一值得高興的事情。

「學長！」推開家門，站在外頭的是滿臉笑意的向子澄。

「幹麼！又在吃張寧希的醋，想躲到我家了是不是？」我雙手抱胸，嘴角揚起淺淺的弧度。

「才不是！我是來拿邀請卡給你的。」她誠意十足地雙手奉上，當然，還搭配了一個向子澄式招牌燦爛笑容，

「最重要的是？」我輕輕唸出邀請卡上的字樣。

「嗯，就是關於我們最重要的是什麼；大學裡對我來說最重要的就是遇見學長你，所以請一定要以特別嘉賓的身分出席喔！」

「什麼是特別嘉賓？」

「就是可以跟我一起進場，走在康莊大道的人啊！」

「什麼鬼大道！你們有的沒的一堆，作品會不會爛到我看不下去啊。」

「別人的我是不知道，但你一定要來看我的，那可是得到設計首獎的作品。」她得意地抬起頭。

聽到了感興趣的作品，我點頭「好！我去！」想去看看向子澄究竟是怎麼呈現「行星的恆心」。

「徐浩，你明天要不要去看展覽，我哥給我兩張票。」熟悉的聲音從話筒裡傳了出來。

按住手機，我對著設計展前一晚，帶著一大袋衣服要我幫她搭配的向子澄說：「我先去講一下電話。」

「ＯＫ！」她屏住呼吸，對我比了比手勢。

「白痴！妳在停止什麼呼吸！」我笑著踢了她一腳，便走出室外。

想起向子澄一臉心虛的樣子，我認不住搖頭嘆息，她邏輯真的不是一般人能體會的。

「可以啊！要約幾點？」我回覆了話筒另一端的女孩。

「下午四點。」

「好！那我三點半去學校接妳。」掛上電話後，我微笑著朝向子澄走去。

「我終於看到了楚琪學姊口中，天王星有溫度的表情。」她瞇著眼。

「講什麼鬼話。」嘖了一聲，我蹲在她面前，專注地挑選著衣服。

「電話一定是漂亮學姊打的，只有接到她的電話，你的表情才會變得溫柔。」

「至少我只對她一個人溫柔，不像周昱愷一樣，中央空調。」

她皺緊眉頭，不再說話。

「生氣啦？」輕推她肩膀，只得到了她的一個大白眼。

「再耍脾氣我就把妳的衣服通通丟出去。」一把抱起地板上的衣服，我起身。

「不要啦！我錯了啦！」向子澄緊緊抱住我大腿不斷求饒。

在徐思秧面前我永遠都只有妥協的分，還好老天爺待我不薄，來了一個向子澄讓我欺負。

哼了一聲，我得意地瞥了她一眼。「知道錯就好。」

「你真的很愛欺負我欸！」向子澄鬆開手，對著我咆嘯。

「我爽！」話一出口我就後悔了，這麼幼稚的話怎麼會從我徐浩的口中蹦出來？

向子澄挫敗的嘟起嘴。「我有點羨慕漂亮學姊耶！可以不用被你欺負，也不會看到你凶巴巴的樣子。」

「那也要有本事讓我喜歡上妳。」對於她的羨慕，我不以為然。

「啊！我突然想到一件事。」向子澄大叫，用力抓住我的肩膀。

「怎樣？」

「你還沒跟我說你的祕密。」沒想到她還記得。

「誰叫妳要睡著。」我聳肩。

「咦？你現在是想要賴嗎？」

「嗯。」不做任何解釋，我對她就是這麼的坦承。

「好賤。」向子澄低頭咕噥。

為了轉移她的注意力，我從雜亂的衣服堆裡，選定了米白色針織衫與黑色貼身窄裙

「嗯，這樣搭很好看！」

「哇！我去試穿！」向子澄驚呼，一把搶過我手中衣服，直奔廁所。

未免太好對付吧！

如果說在感情世界裡徐思秧是BOSS級的高手，那麼向子澄絕對是連新手村都還走不出去的低等玩家。

要是長時間跟她相處，絕對會危害自己的智商。

「學長！你眼光好好！我看起來超正的欸！」順著向子澄的怪叫，我視線移到廁所前。

米白色針織衫襯托出她的白皙皮膚，貼身窄裙露出一雙勻稱長腿，不同於以往休閒裝扮的向子澄，現在我眼前的她，看起來非常迷人。

「很正這種話不要自己說，謝謝。」撇開眼，我不希望自己像個變態一樣，直盯著她的長腿看。

「所以是不好看嗎？」她語氣裡，透露著淡淡的失望。

「我沒有這樣說。」依然無法將視線移到她身上，我索性走到陽台去抽根菸。

向子澄輕敲著玻璃門，用唇語對我說：「我先回去了！明天記得要來我的設計展喔！」

點點頭隨意地朝她揮手，直到她的身影消失在我的視線範圍，這才想起來。「靠！我忘記明天要去她設計展了，我已經答應徐思秧去看展了……」

沒關係，看展覽是下午四點的事，應該趕得回來陪她走什麼鬼康莊大道。

只要和徐思秧見面，我總是習慣比約定的時間早到。

沒記錯的話我們約的是下午三點半，現在已經四點了，她連個影子都沒出現。

「大小姐！妳是爽約了嗎？」我打了電話給她。

「咳！我不是……對……不起……我在發燒。」

「妳現在在哪？」

「家裡。」

「看醫生了嗎？」

「沒有啊！我沒力氣出門。」

「我現在就去妳家，等我。」匆匆掛上電話，油門一踩，心急如焚的我完全忘記了與向子澄的約定。

徐思秧虛弱地躺在急診室的病床上，蒼白面容有著濃濃的黑眼圈，她一向都很不會照顧自己，我搖頭嘆息，輕輕握住她瘦得像竹竿的手腕。

「對不起。」

「笨蛋，妳應該跟自己對不起。」

「還讓你背我進急診室，真的超丟臉，人家會不會以為我在拍偶像劇啊？」徐思秧露出淺淺的微笑，還能笑我也放心多了。

想起她剛剛在走廊上昏倒的畫面，我心頭一緊，很久很久以前，這個畫面也曾出現過。

「妳到底想昏倒幾次給我看？」我輕笑。

「還記得國中我貧血昏倒時，是謝康昊接住我的，可是等我醒來後，李涵說背著我到保健室的人是你。」李涵是她最要好的朋友，也是謝康昊最重要的軍師，我總笑著說：「要不是李涵助攻，謝康昊才贏不了我。」

算了，別聽我胡扯，謝康昊之所以會贏，就是因為他是謝康昊，一個無可取代的謝康昊。

「因為我發現妳在去找謝康昊之前臉色就不太好。」

「你該不會那時候就暗戀我了吧？」徐思秧眼裡閃著亮光。

「對啦！怎樣不行喔！」我害羞地撇過頭。

她不再說話，只是靜靜地望著我，就像過了一個世紀那麼久。「徐浩，如果我喜歡的人是你就好，可惜……」

「可惜，妳就是不喜歡我。」接著她未完的話，回應了一個苦澀的笑容。

「其實我曾經是喜歡你的，但那對你並不公平，你值得一段完整的感情。」

「妳不是我，怎麼會知道什麼對我來說是值得？」餘光瞥見她的手機螢幕亮起，我伸手遞到她面前。

看見來電顯示的名稱，心情盪到了谷底；我緩緩走出病房，伸手拿出外套裡的手機，這才猛然想起，向子澄的設計展！

七點十分、二十五通未接來電，很好，我竟然爽約了。

滑開手機，意外發現來電的全是吳子陵，向子澄連一通電話也沒打。

「喂？」電話那頭，甜而柔軟的聲音響起。

「向子澄對不起！我臨時有事所以……」

「沒關係喔！已經結束了！你不用急。」不等我說完，向子澄自顧自的接了下去。

「對不起，我真的不是故意的，因為徐思秧她掛急診，所以……」

「真的沒關係，你不用跟我解釋。」平淡的語氣，我聽不見她的情緒。

「妳生氣了是嗎？」

「沒有，學長我要去慶功了，先這樣喔！」連一聲再見都沒有，我百分之百確定她是在生氣了。

我在意她的情緒並不是因為向子澄這個人，而是因為自己有錯在先，絕對是這樣沒錯。

走進病房，我看見徐思秧笑臉盈盈的樣子。「什麼事那麼開心？」

「謝康昊說下班要來接我回家。」果然跟我猜得一樣。

「所以言下之意是，我可以滾蛋了對吧？」

「我哪有這樣說，我們三個人可以一起去宵夜！」

嫌惡地翻了一個大白眼。「誰要跟他一起吃飯啊！我還有事，先走了！」

揮別滿面春風的徐思秧，我邁開步伐使勁地跑向停車場。「欸吳子陵！你現在跟學弟妹在一起嗎？」

「對啊！我們在學校對面的錢櫃唱歌。」背景非常吵鬧，吳子陵幾乎是用吼的。

「幾號包廂？」

「208。」

「好，我馬上到。」

通話結束，吳子陵疑惑地偏著頭。「他是要找向子澄嗎？我忘記跟他說全班都來了，除了向子澄欸！」

第五章

繞了好幾個街口好不容易才找到停車位，我手刀奔向錢櫃大門，正巧看見張寧希和一個陌生的男生，在一旁的角落拉拉扯扯。

「你放開我！」

「妳為什麼要這樣對我？我們都在一起那麼久了。」男孩緊抓著張寧希的手腕，那表情太過悲傷，涙眼婆娑的樣子讓我頭皮發麻。

「我已經不愛你了！」張寧希背過身，口氣冷淡。

「但是我還愛妳。」

「林耀威，我再跟你說最後一次，我們已經分手了。」

「只要我沒有答應就還是妳男朋友。」男孩用力扳過張寧希的肩膀。

天啊！這什麼八點檔式分手。

「放手！我現在的男朋友是周昱愷，請你自重。」她狠狠朝男孩臉上呼了一個巴掌。分得有夠狠，看著那男孩崩潰跪在地上求張寧希的畫面，我無奈地搖頭。

不對！張寧希跟周昱愷在交往？那向子澄怎麼辦？

思及此，我顧不得櫃台人員的攔阻，朝著包廂狂奔而去。

「徐浩？你怎麼在這裡？」經過走廊時迎面撞上了楚琪。

「我找向子澄。」

「小太陽?她沒來吧!」看著一頭霧水的楚琪，我現在真的沒有耐心等她思考，推開她繼續朝包廂前進。

走進包廂，位置正中間的吳子陵朝我招手。「嘿!這邊坐啊!」眼神快速地掃射全場。真的沒有看見向子澄，旋身，既然她不在我也不用繼續待在這裡了。

「學長!如果你找子澄，她不舒服先回家了。」周昱愷小跑步來到我身後。

「你真的，跟張寧希在交往嗎?」我轉過頭，小心翼翼地問。

「嗯!今天早上的事情，學長你怎麼知道?」周昱愷臉上露出了幸福的笑容。

我輕輕皺眉。「向子澄知道了嗎?」

「當然啊!她在我旁邊。」

「你可真是個好哥哥，做什麼事都要帶著妹妹。」

「這話什麼意思?」

「沒事。」聳聳肩，我頭也不回轉身離開。

從一樓往上看，向子澄他們屋裡黑壓壓的一片;我漫無目的地行駛在家裡和學校附近的街道上，這才發現自己是多麼的不了解向子澄，我不知道她習慣去哪些地方、也不知道難過時的她都在做些什麼。

她總是給人溫暖的關心、用那無懈可擊的笑容去照耀身旁每一個人;唯獨對我苛薄，所有人裡就屬我對她最好，卻總是在我面前哭的一塌糊塗，還有亂翻一堆白眼。與其像個無頭蒼蠅到處亂找，我還是先買好零食等向子澄自己找上門好了。

畢竟今天放了她鴿子，她應該也不想看到我吧！

一個大男生推著推車，一個接著一個的把日系零食放進去，這畫面說有多娘就有多娘，要不是為了跟向子澄賠罪，我死也不會做這種事。

雖然不知道她習慣去哪些地方，但我倒是還滿清楚她愛吃些什麼的，凡是上面有超濃兩個大字的，都是她的最愛。

「哈啾！」摀住嘴巴，我腦裡出現了一個疑問，超濃鼻涕她不知道吃不吃？

回到家放好零食，我拿著新買的小說走向陽台，輕鬆躺在我媽送來的老人躺椅上，再點上一根菸。

「我不是說不可以在陽台抽菸嗎？」身後傳來一絲細微的聲音。

嚇得我猛然跳起身。「靠！向子澄不開燈妳跪在陽台幹麼啦！」講話的同時，我雙手仍在顫抖著。

「把菸熄掉。」昏暗的燈光下我看不見她的臉，但從口氣聽起來，臉色應該不會好看到哪裡。

「好啦！」熄掉了手中的菸蒂緩緩走向她，隔著一小段距離，我試圖要伸手觸摸她的頭。「對不起，我今天真的不是故意放妳鴿子。」

「我說過了，真的沒關係。」

「妳真的沒有生我的氣？」

「我看起來像是在生氣的樣子嗎？」她抬起頭，透進我眼底的是她臉頰上，清晰的淚痕。

「周昱愷的事情我剛剛知道了，妳還好嗎？」

「不好。」

「我想也是。」輕哼了一聲，我懂向子澄的心情，現在她需要的不是安慰，而是一個可以盡情發洩的空間。

「學長！你可以讓我一個人靜一靜嗎？」

「不行，我怕妳會跳下去。」

「才不會。」

「預防勝於治療，尤其妳那腦子已經夠怪了，再摔真的就會變腦殘。」

「請不要落井下石。」她惡狠狠地瞪我一眼，噗一聲笑了出來。「我大概知道為什麼漂亮學姊不喜歡你了，嘴太賤。」

「錯！是長太帥。」

她翻了一個好大的白眼啊。

「拜託一下！如果一個人有心要自殺，就算被綁住手腳，還是可以咬舌自盡的好嗎？」向子澄抱著一本厚厚的手工書，滿是無奈地坐在沙發上。

「所以我會一直盯著妳。」我從櫃子裡搬出一堆零食，放在她身旁。

「我就說了，我不會自殺。」
「妳手上那是什麼？」不想再爭辯這麼無聊的話題，我趕緊轉移她的注意力。
「垃圾啊！」她失落地嘆了一口氣，把手工書遞到我面前。
隨意翻閱了書本的內容，驚呼：「妳要告白？」
「原本是，但被寧希搶先一步了。」
「扯！」
「嗯，我也覺得。」向子澄坐到我身旁，非常自然地把頭靠在我肩上。「你知道當鼓起了所有勇氣要跟喜歡的人告白，卻看到別人搶先一步抱住他的感受嗎？」
「……」似曾相識的感受襲上心頭，下意識我收緊了手臂。
「他們的親密我早就應該習慣，但是當一切變得名正言順時，心還是好痛。」
向子澄縮進自己懷裡，顫抖的肩膀，惹得我鼻頭一酸。

高中畢業那天，我蹺掉了最重要的典禮，只為了趕在徐思秧畢業典禮結束後出現在她面前，等不了五十分鐘一班的公車，我沿路狂奔。
滿頭大汗的我從口袋裡掏出一張皺皺的五百元，露出最燦爛的笑容。「請給我一束花，我要送給喜歡的女生。」
店員遞上濕紙巾。「先把汗擦一擦，等一下才可以帥帥的出現在她面前喔！」
「她看到我絕對會飆淚。」抱著花束，我自信滿滿走向校門，總會有那麼一個人，讓你不辭辛勞地想為她做點什麼。

然後呢？

然後親眼看見謝康昊把花交到她手上，她那又驚又喜的表情狠狠地賞了我一個大耳光。

愣在原地的我忽然懂了，她要的從來不是一束花，而是謝康昊親手送上的祝福。

她在臉書上說好想要一束畢業花，

原來，是謝康昊限定的願望。

「後來花怎麼處理？」向子澄離開我的懷抱用力擦去淚水。

「丟了。」

「好浪費。」

「妳把認真做的手工書丟掉又有比較不浪費嗎？」我挑眉。

向子澄嘆了一口氣起身。「學長！」

「幹麼？」

「你到底要跟我說你的故事了沒有？」

我看了手錶。「妳準備好一整晚不睡了嗎？」

「準備好了。」她給了我一個肯定的眼神。

徐思秧的存在，是我認為上帝造人最不公平的代表。

擁有一顆聰明的腦袋、標準的瓜子臉配上雪白膚色、還有那雙會說話的眼睛。

她很美，就算永遠都板著一張臉，還是會讓人忍不住想靠近。

「所以漂亮學姊是女版的你嗎？」永遠板著一張臉。」我瞪了向子澄一眼，接著說下去。

她有一個很老套的故事，就是乖乖女愛上壞學生；而故事裡的男主角叫做謝康昊，他們彼此喜歡，卻因為大考將至而沒有在一起。

當我進到他們故事時，剛好是在一個劇情轉折處。

徐思秧的好朋友也喜歡著謝康昊，所以她利用了謝康昊的自卑和徐思秧的口是心非，讓誤會越來越深，也讓兩顆靠近的心，漸行漸遠。

「所以你就趁虛而入了是嗎？」向子澄瞪大雙眼。

其實我從來沒想過，自己會喜歡上徐思秧，真的。

傾國傾城的外表，卻毫不在乎形象、天生麗質的水亮大眼，大部分時間都用在翻白眼的女生。

她很特別，不輕易認輸，受傷了也從來不喊痛；謝康昊交了女朋友，她寧可心碎地蹲在角落大哭，也不願意示弱求他回來。

看見她的脆弱，我的心開始動搖，好像有一種感覺越來越強烈。

「你指的那種感覺，是愛嗎？」我凝視著向子澄的雙眼，輕輕搖頭。

不是，一開始的我只是想保護她，不想看到她再去為難自己，也希望讓謝康昊知道，拋棄她是多荒謬的事。

謝康昊的女友處處針對她，讓她背上很多莫須有的罪名，為了讓她脫離那一切，我甚至威脅過他女友。

「你怎麼威脅她？」

「我說：『我會讓妳知道什麼是生不如死。』」

「靠！你白痴喔！誰會相信啊！」

當然不會有人相信，所以我又加了一句。「我絕對有辦法，讓謝康昊甩了妳。」

「好帥！可是你有什麼辦法？」向子澄一臉期待。

「我打算在謝康昊面前強吻她，應該沒有男生可以接受女朋友被別人親吧！」

向子澄瞪大雙眼。「你瘋了吧！為了漂亮學姊，你要去強吻一個你根本不喜歡的女生。」

「我也覺得我那時候是瘋了，不過好險那個女的很識相自己消失了。」

當保護一個人變成習慣，就再也戒不掉了，人性貪婪，成為了她的知心朋友，就開始想要得到她的心；明知道結局注定要悲劇收場，還是想毫無保留地把我的心放在她手裡。

心碎的她像是找到了可以停靠的港灣，所以，我們在一起了。

我以為只要全心付出，就能取代謝康昊在她心裡的地位。

可是我們經過每一個有謝康昊的回憶角落，她眼底全是失落，雖然總是會裝得毫不在意。

她騙得了自己，卻騙不過我的眼睛；因為我，一直都在注視著她。

「所以你們分手的原因，是因為學姊不愛你嗎？」

我搖頭。「是因為我發現徐思秧的朋友在他們之間製造了太多誤會，所以放手讓她去找答案，一個他們為什麼會錯過的答案。」

「既然你都放手了，為什麼到現在還走不出來？」

「妳以為我不想啊！」我聳肩，靠上沙發。「就是放不下她啊！」

「放不下真的是世界上最可怕的情緒。」向子澄輕聲附和。「可是我覺得你很偉大，願意放手讓漂亮學姊去追求自己的幸福。」

「妳應該懂吧！希望自己愛的人真的能幸福的感覺。」

「也許吧！」

「唉。」

我們相視，然後齊聲嘆了一口大氣。

泡了兩杯巧克力牛奶放在茶几上，粉紅色和藍色的杯子並排在一起真的很好看。只可惜，我跟向子澄不是那種杯子放在一起會很浪漫的關係。

「我們真是同病相憐的直屬。」向子澄小心地吹冷手中的巧克力牛奶。

「嗯。」哼了一聲，我仔細研究著她的側臉，眉頭緊鎖、淺淺的笑容、沒有酒窩。「妳是不是很習慣假笑？」

「假笑？」她偏過頭，一臉疑惑。

「妳發自內心的笑會有酒窩，但是妳大部分的笑容都不會有。」

她輕輕挑眉。「學長，你好像很了解我。」

我聳聳肩，拿起桌上的杯子。

沒有對話、沒有音樂，我們似乎都很習慣這樣的沉默；應該說，我們有即使靜靜地坐在一起，也不會感到尷尬的那種默契。

許久，向子澄起身走到廚房洗杯子，看著她熟練地把杯子擦乾放上架子，我失了神。

有那麼一瞬間，試圖把她和徐思秧的樣子重疊，幻想著要是我喜歡上她……

靠！我到底在幹麼！「不要！超噁的。」

「你在跟誰說話？」

「沒事。」我尷尬地撇開眼。

向子澄看了看手錶。「你知道我為什麼會選在今天跟周昱愷告白嗎？」

「不知道。」

「因為今天是我生日。」她的表情平靜、語氣平淡，就像是在說「今天天氣很好」一樣。

「是喔！生日快樂！」不知道該如何回應的我走到電視櫃前，拉開抽屜翻找著。

「我知道周昱愷一定會拒絕，所以早就打算在被拒絕之後搬離開這裡，結果卻參與他跟寧希在一起的過程。」

「妳要搬走？」我放下手中的東西，轉過身看她。

「原本是啦！但是現在我搬不了了；我和寧希除了是好姊妹，未來更可能是一家人。」

向子澄揉揉鼻子，接下去說道：「如果當初周昱愷拒絕我的告白，就能用無法面對他這個藉口搬走，可是現在這個局面我實在無法說出口。」

「如果我是妳，就一定會搬走，因為接下來要面對的是他們在一起的事實。」

「我知道，但也許這樣可以加速我放棄他的速度啊！」

「吃屎吧！妳只會越來越痛苦而已，白痴。」看那一臉天真的樣子，我忍不住開口嗆她。

「我是壽星欸！今天已經夠慘了，不要落井下石。」向子澄一個箭步向前，瘋狂搔我癢。

我伸出背在身後的右手緊抓住她。「白痴喔！不要弄我啦！」

發現她沒有要停下來的意思，趕緊再伸出左手。

「我們來吹蠟燭！快點！今天妳生日我們來吹蠟燭！」

向子澄停下動作，傻愣愣的看著我手中的白色蠟燭。

「你一個大男人買這什麼鬼片用的蠟燭。」摀住嘴，她眼裡閃著笑意。

「怕停電不行喔！」我大力推開她。

「可惜沒有蛋糕。」

向子澄一臉期待看著我點燃蠟燭。

「幫妳找到蠟燭就已經很好了，妳是在嫌屁！」

「我又沒有嫌，快點啦！兩分鐘後我生日就要過了。」她開心地關掉客廳大燈，我們兩個圍在巨大的蠟燭前。

「我要來許願了！」我靜靜看著她緊閉著雙眼、努力許願的模樣。

「好了！我們一起吹蠟燭吧！」向子澄牽起我的手，漾著燦爛的笑容。

很好，是有酒窩的笑容。

「幹麼把願望留給我！」從來沒有想過我可以在某個人的生日願望裡，聽到自己的名字。

「一是我可以早日找到真命天子，二是學長可以快點追到漂亮學姊。三是祕密。」

快樂是會傳染的，見到她的笑，我連口氣也溫柔了許多。

「許什麼願那麼開心？」

「因為學長你是唯一一個陪我從十八跨到十九歲的人啊。」說完，我們吹熄了蠟燭。

「我不知道妳今年十九歲，逢九不能慶生。妳會變超衰的，怎麼辦？」

「沒關係，能夠遇見你就是我最幸運的事情了。」

「妳是在告白嗎？」打開電燈，我一臉驚訝地望向她。

「屁啦！我是絕對不會喜歡上你的，我再也不要喜歡心裡住著其他女生的人了。」

「那就好，因為我也絕對不會喜歡上妳。」鬆了一口氣的我對她眨了眨眼。

「學長，我沒想到你是一個這麼活潑的人欸！竟然會拋媚眼！」向子澄不可置信地驚呼。

「妳不知道的事還多著呢！」我得意地抬起下巴。

「跪求天王星露出真面目！」她誇張地跪在地板上，緊緊抱住我大腿。

「不要學他們叫我天王星，很丟臉。」

「哪會啊！你是天王星、我是小太陽，根本天生一對。」

「誰要跟妳一對，智障。」我最討厭的就是太陽了。

意外成為陪著向子澄來到了十九歲的人，拗不過她想吃生日蛋糕的要求，只好在凌晨開著車，帶她到離家裡很遠很遠的85度C。

「油錢算妳的。」看著她埋頭狂吃六吋蛋糕的我失笑。

「好啦！別吵！」嘴邊沾滿巧克力的她瞪了我一眼。

後來的我才知道，她根本不想吃什麼生日蛋糕，而是大吃，是她難過時最喜歡做的事。

回程路上，剛吃飽的壽星在副駕駛座呼呼大睡，趁著紅燈空檔替她蓋上外套。「生日快樂，小太陽。」我輕聲地說。

第六章

走出電梯，正如我所想的一樣，周昱愷就站在我家大門。

「妳不是說身體不舒服嗎？凌晨兩點為什麼還在外面鬼混？」周昱愷臉色鐵青雙手抱胸。

「因為學長失戀，我陪他去散散心。」向子澄揚起甜甜的笑容，伸出手輕拍我肩膀。

「我？」指向自己，我瞪大雙眼望著她。

「噓！」向子澄將我拉到她嘴邊，調皮地眨眨眼。

「對，我失戀。」天殺的我幹麼配合她啊！

周昱愷露出同情的眼神。「學長，你要加油。」

「我會的。」要演就演得徹底一點。

我大力轉過身去，撲倒在向子澄的懷裡，還配合抖動雙肩。

向子澄努力憋住笑意。「昱愷，學長情緒有點不太穩定，我可以陪他嗎？」

「嗯……好吧！如果有需要幫忙的再跟我說。」

「好，那你快回去睡覺吧！」向子澄攙扶著假哭到沒有力氣的我，緩緩走向大門。

「子澄！」周昱愷喊道。

「嗯？」她停下腳步，沒回過頭。

「生日快樂！明天我再把禮物給妳。」

「嗯。」轉開門把。

向子澄就這麼走出了周昱愷的世界。

她已經背對著我整整二十分鐘了。

「小姐已經快要三點了。」我嘆氣，走進房間裡拿出枕頭和棉被。

「……」

「妳如果每個月都給我房租，我可以考慮把那個空的房間租給妳睡。」

「我不要，那間超小的。」她低著頭咕噥。

「妳有事沒事就跑到我這裡睡客廳，吃我的用我的，不要臉。」我笑著說。

「就當作可憐我會怎樣！」

「才不可憐，不過就是失戀而已，要死要活的是怎樣！」

「你就不要失戀，看我怎麼笑你。」粗魯的一把搶過我手中的寢具，向子澄給了我一個走著瞧的表情。

凌晨時分，口乾舌燥的我走到客廳，小心翼翼地倒了一杯溫水。

向子澄的手機畫面不斷地閃爍著，無心偷看，我只是好心想幫她翻過手機，以免影響她睡眠。

「子澄，我是不是很自私？」

「子澄，其實我是因為昱愷對我很好才跟他在一起，這樣是不是很差勁？」

「子澄，妳會怪我嗎？還是妳能體諒我的心情，選擇愛我的，會比我愛的更幸福對吧？」

張寧希的訊息畫面不斷跳出，內容越看我就越感到頭皮發麻。

不是沒猜過張寧希想法，我早就發現她是喜歡周昱愷的了，但絕對不是愛的那一種。只是我沒想到她竟然會對向子澄如此坦承。

「學長，偷看別人手機是很沒水準的事情。」我身後傳來一陣悠悠的聲音。

「靠！妳不是睡著了嗎？」

「沒有啊！」向子澄坐起身，從我手中拿回手機。

「妳現在打算怎麼辦？」

「我也不知道耶！要搶回來嗎？」她一臉平靜地聳聳肩。

我輕撫著下巴，歪著頭思考。「可是妳搶回來，就會變成亂倫的小三妹妹。」

「對欸！哈哈！真的太可笑了！」向子澄在笑，那笑容不假，卻有著淡淡的苦澀。

「原來這世界上，真的有想愛卻不能愛的人。」我說。

她輕哼了一聲。「可以拜託你一件事嗎？」

「幹麼？」

「我想睡你的床。」

不敢相信自己耳朵所聽到的，我抓緊自己的衣領，往後退了一大步。「我不要當妳傷心難過後一夜情的對象。」
「我只是想睡在床上，這樣而已。」向子澄無力地扯出笑容，外加翻白眼。
「妳睡床，那我睡哪？」
「沙發。」
「我幹麼要把床讓給妳，然後自己睡沙發？」
「對齁！我憑什麼要你把床讓給我？」她認真看了我一眼，碰的一聲，躺回沙發上。
看著她蜷曲的背影，我搖頭。「今天我就好人做到底，妳進去吧！我睡沙發。」
她緩緩轉過身，一臉感動。「真的嗎？」
「假的！」說完，我便拔腿狂奔，關上房門狂笑。
「徐浩！你這個智障！」依稀聽見了向子澄的咆嘯聲，我摀住嘴蹲在地上大笑。
起身緩緩走向床頭，拿起了木製的相框，笑容失蹤。
相片裡的小情侶笑得多燦爛，女孩輕輕地挽著男孩的手，不曉得說了些什麼，男孩漲紅了雙頰。

陽光毫不客氣地灑進落地窗，我伸了個大懶腰，時鐘顯示在十點十五分。
「馬的。」很好，我又二度為了向子澄那傢伙而缺課了。
走進廚房，自動地把所有食材都乘與二，卻發現了冰箱上的小紙條。「學長，早餐在桌上，我先走了，掰掰。」

我探出頭，還真的有一袋食物在桌上，還有摺疊好的枕頭與棉被。

向子澄雖然很愛有事沒事出現在我家，但是她跟吳子陵最大的差別就是，她懂得什麼叫報恩。

就好比現在，培根蛋吐司不加生菜、冰牛奶不加冰塊。

她準備的，都是我愛吃的。

※

向子澄失蹤了。

周昱愷像是發了瘋的，翻遍了整個校園，就連學生餐廳每天都跟向子澄喇賽的阿姨也出動找人了。

楚琪一心想要報警。「你知道人沒有失蹤四十八小時，是無法受理報案的嗎？」我冷冷地說。

「阿浩！好歹小太陽跟你最親，她失蹤你竟然完全不在意。」吳子陵緊皺著眉頭。

「向子澄已經十九歲了，不是九歲，也許她只是想一個人靜一靜。」我雙手抱胸，打了個大呵欠。

「她最近有發生什麼事嗎？」楚琪看了周昱愷一眼，周昱愷茫然地搖搖頭。

吳子陵撥了不知道第幾百通電話，仍是語音信箱。「她昨天最後見到的人是誰？」

周昱愷猛然抬起頭，惡狠狠走向我，一把抓起我的衣領。

「是不是你對她做了什麼！她昨天說要安慰你，一整晚都沒有回來。」

「全世界就你周昱愷最沒資格問別人對向子澄做了什麼！」我最討厭的就是被誤會，用力推開周昱愷。「收起你對她不必要的擔心。」

說完我轉身離開，留下一臉困惑的所有人。

停紅燈時我的視線留在了後照鏡上的平安符，那是向子澄為了報答我每天接送她的禮物——

一個禮拜前。

通識課結束，我看見向子澄雀躍地從教室裡跑了出來，周昱愷跟張寧希走在她身後。隔著一整層樓的距離，聽不見他們的對話內容，瞇起眼我看見向子澄又在勉強自己笑了。

「阿浩走啦！」剛出教室的吳子陵順著我的視線。「其實我覺得小太陽很可憐。」輕聲地說。

「她怎麼了？」

「你不覺得她很像多出來的那個嗎？友情就是這樣，單數總會有一個落單。」吳子陵聳聳肩。

「他們的問題不是友情吧！」

「你也知道周昱愷喜歡寧希啊！」吳子陵故作驚訝地摀住嘴。

「嗯。」我知道可比你多。

「那我再跟你說一個祕密。」吳子陵湊到我耳邊。「周昱愷跟小太陽其實是兄妹，雖然他們沒有血緣關係，但是有好幾次我聽到小太陽喊他的名字，他都會糾正她要叫哥哥。」

「你怎麼確定他們沒有血緣關係？」向子澄不是說這是祕密嗎？為什麼連吳子陵都知道。

「是寧希告訴我的。」

原來如此。我點頭，轉身大步朝著樓梯方向前進。

「小太陽每天都自己坐公車上下學，我要載她，你知道她說什麼嗎？」吳子陵追上我的腳步。

「不知道。」

「她說，我不行給其他男生載，周昱愷會生氣。」我看見吳子陵模仿向子澄那楚楚可憐的樣子，一股莫名的火氣升起。

「憑什麼周昱愷不載她，還不准其他人送她回去？」

「我也不知道，我只是覺得那對兄妹超變態的，哥哥有控制狂、妹妹有被虐症。」吳子陵笑著搖頭，我認同他說的，向子澄有被虐症。

她絕對有，喜歡在愛情裡看起來卑微、喜歡用委屈來證明自己的心意。

他媽的，跟我一模一樣。

「吳子陵，如果我現在跑過去說要載向子澄回家，你覺得周昱愷會怎樣？」

吳子陵給了我一個看好戲的笑容。「他會崩潰，因為我知道他超級討厭你的，你這個誘拐他妹妹的人。」

「我哪有誘拐向子澄？」

「你有，全世界的人都覺得你有。」站在樓梯間轉角的楚琪一臉曖昧地說。

無心辯解的我看見了不遠處的向子澄。

「懶得理你們，我要去氣爆周昱愷了。」

吳子陵和楚琪交換了一個眼神。「他什麼時候才會發現？」

「太陽撞天王星的那天。」楚琪笑說。

筆直地走到周昱愷身邊，我拉起向子澄的手。

「向子澄妳都怎麼回家？」

「坐公車。」她疑惑地看著我。

「妳以後都坐我的車吧！我載妳回家。」

周昱愷的臉一秒垮了下來。

很好，這就是我要的。

「蛤？」

「聽不懂人話？我說妳以後不要再坐公車了，我載妳。」我依舊保持著優雅的微笑，對著周昱愷。

「可是……」向子澄對上了周昱愷的視線，縮了一下肩膀，收回自己的手。

「昱愷，你每天都要載張寧希，也沒辦法載向子澄，反正我們是鄰居，我載她應該沒關係吧！」

「我沒意見，你問向子澄。」他的表情怎麼看都不像是沒意見，我憋住笑意。

「好啊！」向子澄二話不說點頭答應了。「那就從今天開始吧！」

看著向子澄開心地跑到我身邊，一種莫名的優越感升起。

天啊！我真的很無聊，搞不懂自己這麼做的一切究竟是為了什麼，以前的我絕對會冷眼旁觀，就算向子澄每天用爬的回家也不關我的事才對啊！

「學長你是不是天使啊！」副駕駛座上的向子澄給了我一個燦爛的笑臉。

「不是，我只是無聊想刺激一下周昱愷而已。」

「喔！那你真的滿無聊的。」她應了一聲，開始打量我的車內擺飾。

「我就是看不慣他明明當你是親妹妹，卻老是把妳擺在張寧希之後。」

「學長，如果你有妹妹，你會把她擺在漂亮學姊之前嗎？」

思考了半晌，我冷冷地說：「不會。」

向子澄笑了笑。「你看你又差別待遇了吧！妹妹是自己人，可是你們心裡喜歡的是愛人啊！愛人本來就該放在第一順位。」

「但是如果我妹妹是妳，我會把妳擺在思秧之前。」這是一句不經我大腦，就直接說出口的話。

「為什麼？」

「因為思秧她很聰明，不需要人家照顧，可是妳智能不足，如果哪天被別人騙走了就慘了。」

「喂！你嘴很賤，我雖然情商是低了一點，但是我智商很高。」向子澄伸手大力捏了我大腿外側，痛得我慘叫一聲。

「智商高？我記得我是妳的直屬，但是從開學到現在也快期末了，完全沒有這方面的感受耶！」

向子澄瞪了我一眼，背過身去望著窗外。「我就不信你會這樣跟漂亮學姊講話。」

「當然不會，她面前的徐浩跟妳面前的徐浩，基本上就是兩個人。」

「那你示範一下她面前的徐浩是怎樣。」聽完我的回答，她喜孜孜地轉過身。

「不要！」趁著紅燈，我湊到她面前。「因為就是我跟妳都會吐出來的那樣。」

「哈哈哈哈哈哈！」向子澄先是一愣，接著發出爽朗的爆笑聲。

「笑屁。」

「我覺得你應該，把跟我相處的徐浩介紹給她認識，因為充滿了個人特色。」

「不了，跟妳相處的徐浩，只需要在遇見妳的時候會出現好了。」

「因為我特別可愛吧！」

「不！」雖然知道她那是句是開玩笑的，但我就是忍不住想嗆她。「是因為妳特別欠嗆欠欺負。」

我真的每天都載向子澄上下學，聽她說著周昱愷和張寧希的愛情進度。有時候回家的路上她會要我繞路去買麵包——對！就是麵包店。

向子澄只要心情不好就會去買很多很多的肉鬆麵包。

「老闆！請問你有看到一個常常來這裡買肉鬆麵包，綁著馬尾的女生嗎？」

「你說子澄嗎？她剛走沒多久喔！」天啊！老闆竟然知道那個傢伙的名字。

「她有說她要去哪裡嗎？」

「沒有耶！你們是不是吵架了？」

「我們？」我疑惑地看著老闆，突然明白了什麼。「我跟她不是你想的那種關係啦！」

離開麵包店，我緩慢地行駛在街道上，雙眼不停尋找著向子澄的身影。

這裡沒有公車，她剛走不久，絕對還在這條路上。

「喂！」手機鈴聲響起，是向子澄。

「學長！你車會不會開太慢了！」她的語氣聽起來很正常甚至有點雀躍。

「妳在哪？」

「距離你不到一百公尺處的樹下，我在椅子上吃麵包。」

我停好車朝她說的目標前進，果不其然看見一個短髮的女孩在吃麵包。

等等！短髮？

停下腳步，揉了揉眼睛，這個站在我面前的短髮女孩，真的是向子澄。

「妳的頭髮怎麼回事？」看著她，這是我第一次體會到，剪了一個頭髮像換了一個人的感覺。

「好看嗎？」她露出淺淺的笑容。

「不錯！感覺變比較聰明了！」發自內心，短髮的向子澄給人一種幹練成熟的感覺。

「竟然沒嗆我？」向子澄放下麵包，緩緩走向我。「你這時候怎麼會出現在這裡？」

「因為我在找妳，失戀就蹺課的傢伙。」

向子澄偏著頭。「我蹺課？昱愷沒有幫我請假嗎？」

「他就是找妳找到快發瘋的那一個。」我說。

我打了通電話給周昱愷，他請我直接把向子澄載回家。

「我做了什麼事嗎？」進家門前，她不自覺拉起我的手。

「我也不知道。」我聳肩。

然後周昱愷轉開了門把，眼冒火光。「妳最好跟我解釋清楚，向子澄。」

客廳裡圍繞著一股詭異的氣氛，周昱愷用力拉著向子澄的手，她努力地想擺脫，周昱愷卻越抓越緊。

「你要生氣可以，但是可不可以告訴我，我做錯了什麼事？」向子澄楚楚可憐的樣子，讓我心中再次燃起一把火。

我就是看不慣周昱愷老是用男朋友的態度，對著他的「妹妹」。

「妳為什麼整天搞失蹤？」

「我去剪頭髮。」向子澄挺起胸膛。「我不是有貼紙條在你的門口嗎？一出門就會看見的啊！難道你昨晚沒有睡在自己房間嗎？」

「……」我看向張寧希脹紅的臉頰，不用問了，答案已經很明顯。

「你們才剛交往就睡在一起？」向子澄不可置信地看向張寧希。

「是又如何？我們是情侶，這是遲早的事吧！」我真的很想揍周昱愷，非常非常想。

向子澄不再說話，垂下頭的瞬間，她眼底的落寞掉進我心裡，揪了一下，很痛。

「說的也是，對不起我手機開成飛航，所以我沒有接到你的電話。」

「算了！妳沒事就好，以後不要再讓我擔心了。」

周昱愷嘆了一口氣，伸出手想觸碰向子澄的肩膀，但卻被我推開了。

我一把將向子澄拉到身後，接著湊到周昱愷的耳邊說：「不要用這種口氣跟她說話，你是有女朋友的人。」

「學長，因為你不知道我跟……」

沒有耐性等他說完，我先開口了。「我不想知道你跟她什麼關係，但是你女朋友是張寧希這點不會改變，所以請你不要用這種讓人誤會的語氣，來對待向子澄。」

周昱愷直視著向子澄，我緊緊握住她發抖的手。

「學長！可以借一步說話嗎？」始終沉默站在一旁的張寧希開口。

「嗯。」我明白她是想讓向子澄和周昱愷有單獨對話的空間，放開手，我讓向子澄走向周昱愷。

我隨著張寧希的腳步來到陽台，煩躁地點起一根菸，靠在欄杆上看著她。

「可以給我一根嗎？我的剛好沒了。」

我詫異地挑眉，不是沒見過女生抽菸，但就是沒想過張寧希會是這樣的女生。

「很意外嗎？我看起來很乖是嗎？」她露出一抹輕浮的笑容，跟我以往見過的她很不同。

就彷彿是兩個不一樣的人。

「還好。」我聳聳肩，將視線拉回屋內的向子澄身上，她又出現那種小媳婦受委屈的表情了。

「學長喜歡子澄對吧！」張寧希吐出淡淡白煙，眼神迷濛。

「如果妳指的喜歡是愛情那種，那我不喜歡她。」

「是嗎？那就請學長不要對我們子澄太好喔！她很笨，如果誤會了什麼，她受傷了我會很生氣的。」

「妳有話可以直接說，不需要這樣拐彎抹角。」

「子澄沒有談過戀愛，我也不曾聽她說過喜歡誰，所以學長不要再表錯情了，不喜歡子澄就離她遠一點。」張寧希收回輕鬆的表情，一臉嚴肅地看向我。

有點想笑，他們究竟是不是一起長大的朋友？

向子澄喜歡周昱愷那麼久，到底是太會裝，還是他們太習慣忽略她。

「妳真的懂向子澄嗎？有沒有一種可能，是你們沒有真的了解過她。」熄捻菸蒂，我撇了張寧希一眼。

「不可能，我們三個是一起長大的。」

「就是因為一起長大，那心裡刻劃的性格才不容易被改變。」

「我真的越聽越模糊。」張寧希搖搖頭。

我的手機鈴聲響起，是徐思秧打來的。

「徐浩你現在有空嗎？」

我看向遠處的向子澄，輕輕皺起眉頭。「怎麼了嗎？」

「我哥和一些設計師正在聊天，我剛剛偷聽到他們要找產學合作的大學生，你要不要過來假裝找我聊天，然後偷偷推薦一下自己。」

「聽起來很棒。」

「那就快來啊！記得穿得簡單就好，不然太刻意的話會被發現。」

「嗯，我十分鐘後到。」掛上電話，我大步走向客廳，突然想起了些什麼，我轉過身對著張寧希說：「還有，如果不是真正喜歡的東西，就把他放回架上吧！也真正想要他的人，只是還沒存夠錢去擁有他。」

經過客廳時，向子澄拉住了我的手臂。「你要回家了嗎？」

「我要去朋友家。」看見了向子澄欲言又止的表情，我從口袋裡掏出一支鑰匙，輕輕放在她手上。「如果妳等下沒事，就去我家把期末的東西做一做吧！不要一直占著我家的空間。」

離開前看見向子澄的眼神，我就像是她的救世主，而我家就是她的避風港。

我喜歡這樣的感覺，拯救愛情難民向子澄，同時也救贖了我自己內心的傷口。

以前我受傷時沒人能保護我，現在有能力了，就要盡全力去守護她不成為下一個我。

「進來吧！」穿著簡單居家服的徐思秧微笑著迎接我。

「我有點緊張耶！」我探了探頭。

「不用緊張，平常心就好。」徐思秧領著我走向客廳，我們的身影很快地引起了眾人注意。

「徐浩！你怎麼會來？」哥哥對我招招手。

「我來找思秧聊天。」

「咦！你該不會是漂亮妹妹的男朋友吧？」坐在哥哥身旁，穿著白色襯衫的男人說。

「不是！」我急忙否認，卻對上了哥哥錯愕的眼神。

以前我會很不要臉地說，自己就是徐思秧未來的男友，這一次我卻沒這麼做了。

徐思秧並沒有發現我的改變，應該是說，她眼裡沒有我，又怎麼會發現我的不同。

哥哥收起複雜眼神，走向我說：「剛才討論到想找大學生一起合作，我正要推薦你，你就來了。」

「真的嗎？太巧了吧！」我和徐思秧交換了一個眼神，便走向客廳。

「這是我們的小學弟徐浩，非常優秀。」原來在我眼前的，全是哥哥的大學同學，也就是我的大學長。

雖然都已進入業界多年，卻仍保持對設計的初衷與熱血，與他們聊天就彷彿是上了一堂有趣的課。

時間過了很快，轉眼已是夜幕低垂之時，在離開前哥哥把我叫到一旁。

「我聽思秧說你交女朋友了？」

「我？沒有啊！」

「其實我是想跟你說，不管你最後有沒有跟我妹在一起，我都把你當自己的弟弟。」哥哥搭上我肩膀。

「謝啦！」我們伸出拳頭輕輕互撞。

其實我也想跟你說，就算我知道自己絕對不會是思秧最後的選擇，能認識你，就是滿滿的感激了。

這句話我始終沒有說出口，因為真的太娘了。

第七章

發動車子前，想起了可能會躲在我家的向子澄。

「幹麼學長？」她接起電話。

「妳還在我家嗎？」

「當然啊！」她的精神聽起來挺好的。

「要吃東西嗎？我要回去了。」

「我想吃臭豆腐。」

「不可以，我車上會有屎味。」

「那就不用了謝謝，快點回來啦！」連再見都不說就掛上電話，向子澄真的越來越沒禮貌。

我望著手機螢幕失笑，向子澄真的是一個表裡不一的傢伙，在學校總是維持著甜美可愛的形象，騙倒了一堆男生，還包括每天都會見到她的吳子陵。

然而，實際上就只是一個很腦殘又很貪吃的麻煩鬼。

明明是自己家卻要按門鈴才進得去，世界上大概就屬我最荒謬。

「歡迎回來！」向子澄帶著燦爛的笑容迎接我的歸來。

「不要把這裡當成自己家謝謝。」繞過向子澄我走向客廳，將一大袋食物放在餐桌上。

「你買什麼？」

「屎。」一臉嫌惡地看著向子澄，因為我害怕臭豆腐的味道。

「你不是說不想要車上有味道嗎？」遠處的向子澄手刀衝到廚房準備碗筷，一眨眼，她已經坐在餐桌前了。

「看妳可憐。」拉開椅子，我坐在她身旁，看著她那狼吞虎嚥的樣子。「妳是沒吃飯嗎？」

「有啊！但是又餓了。」還不太習慣短髮的她一直習慣伸手想把頭髮撩到耳後。

「後來妳跟周昱愷聊得怎樣了？」

「沒怎樣，他靠杯了一下，然後寧希肚子餓，我說要來你家做作品，結束。」

對於向子澄的出口成髒我挑眉。「剪頭髮連個性都變了。」

「以前周昱愷很討厭我講髒話，可是現在我討厭他，所以我要一直講，沒有極限地講。」她賭氣般地鼓起腮幫子。

「妳要放棄了？」

「其實剪短頭髮就是為了跟他告別，但是我真的無法接受，他們才在一起第一晚就睡在一起了，好噁心。」

我皺起眉頭，扳過她肩膀。「他們是情侶，親密不過是遲早的事，妳反應太超過了。」

「我知道，但就是不能接受嘛！」甩開我的手，她背過身去。

「妳跟我不是情侶，卻一天到晚住在我家，難道周昱愷就比較能接受嗎？」我輕笑。

「不一樣，我們兩個又沒怎樣。」

「那妳又怎麼知道他們睡一起就是在做愛了。」我雙手抱胸，冷冷地看著她顫抖的肩膀。

「不要跟我講那兩個字！」向子澄摀住耳朵，對著我大叫。

湊到她面前。「大家都是成年人了，遲早要面對的，妳還是接受吧！」

不是故意要刺激，我只是單純地想陳述一件事，卻惹得她眼淚決堤。

「我光是想到他們在一起，心就痛得快要死掉了，為什麼還要一直逼我去想像？學長你明明也是過來人，為什麼要在我傷口上撒鹽？」

「對不起……」

「你不是最懂這種感受的人嗎？安慰我有那麼難嗎？」當太陽碰上日全蝕，是連天王星都會感到寒冷與無助的。

「對不起。」我低著頭，不想去看她太過哀傷的眼神。

向子澄一邊對著我生悶氣，一邊卻大口大口吃著我買的食物。

想跟她說點什麼，卻又怕說錯話惹她生氣，她是在跟我冷戰嗎？

沉默圍繞在我們之間，過了許久。

「學長……」向子澄放下筷子，一臉漠然。

「幹麼？」

「如果有一天漂亮學姊真的跟她喜歡的男生在一起了，你會怎麼做？」

「我會斷絕跟她的聯繫。」

「你也太沒風度了吧！」她一臉驚訝地轉向我。

我翻了一個白眼。

「妳剛才嚷嚷著討厭周昱愷又高尚到哪裡去，而且我斷了聯繫，是希望能真的告別她好嗎，只要我確定她是真的幸福了，就會離開。」

「你怎麼確定她是真的幸福？」向子澄偏著頭。

「如果思秧交往的對象是謝康昊，那我可以確定，她一定會幸福的。」我收起落寞眼神，看了向子澄一眼。「因為他就是對的人。」

向子澄皺起眉頭，大力搖晃我的雙肩。「你怎麼可以幫情敵說話！」

她誇張的反應讓我笑了出來。

「其實我越來越搞不懂自己了……」

「不如我們一起來忘記他們吧！一起往新的幸福前進。」她緊緊握住我的手。

「我不要！我又還沒完全輸。」

「但是我覺得你不會贏。」她一臉認真。

為什麼可以這麼淡定地詛咒別人啊！我搖搖頭。

「那就等我真的輸了再說，目前妳只需要讓自己振作起來就好了。」

向子澄伸了一個大大的懶腰，拿著碗筷走進廚房。

※

哥哥傳來訊息，是他們要跟我合作的內容，坐到電腦前，仔細閱讀著文件上的條款。

「向子澄！」我朝著廚房大喊。

「嗯？」她小跑步到我身邊。

「有沒有興趣在真的設計師身邊工作？」其實早在哥哥他們對談的當下，我就有要邀請她參加的想法。

「聽起來很棒！可是我夠格嗎？」

「以妳能得到設計首獎的程度，絕對不用擔心。」

「你又沒看過那個作品。」向子澄嘟著嘴。

她說的對，我失約了，更錯過了看到她版本《行星的恆心》的機會。

「對不起，我真的不是故意要放妳鴿子的。」

「其實你並沒有錯啊！換作是我也會失約去照顧昱愷的，所以你不要放在心上，我一點都沒有生氣，真的。」向子澄給了我一個笑臉。

「我真的是有心想去看妳作品的。」當她從口中說出，會失約去照顧周昱愷時，我的心沒來由感到一陣煩悶。

「還會有機會的啦！」她輕輕搭上我肩膀。

「下次保證不失約。」我抬起頭。

對上她笑彎的眼眸。「嗯，我相信你。」

向子澄拉了張椅子坐到我身旁。

「教授說我們不能去問題目的主人是誰，但是我真的很好奇能寫出《行星的恆心》這麼有深度作品名稱的人是誰。」

我靜靜地看著向子澄，直到她發現了我的目光。

「你一定知道對不對？」她怪叫。

「當然。」

「是學長還學姊？」

「學長。」嘴角微微上揚。

「你們班成績好的都是女生啊！這麼有水準的男生會是誰？」她托著腮幫子，大大的眼睛，轉呀轉的。

「男生成績普遍都很差，除了……你？」向子澄興奮地湊到我面前。

「答對了。」揚起笑容，我眨了眨眼。

「哇！太有默契了吧！我對那個名字一見鍾情耶！」

「天氣冷還穿那麼少件。」看她手舞足蹈的樣子，我起身，替她披上了外套。

「我很好奇你是怎麼想到這個名字的。」

嘆了一口氣，對於一個不擅長說故事的人來講，我其實沒想過會對著誰侃侃而談。

「因為五月天。」凡事都有例外，而向子澄就是那個例外。

「你是他們的歌迷？」

「徐思秧是。」我輕輕地靠上椅背，雙手抱胸。「每一段愛情故事，都會有一首屬於他們的主題曲，恆星的恆心，就是她跟謝康昊的。」

「抱歉，我沒有聽過。」她一臉歉意。

「幹麼道歉，妳想聽嗎？」

「想。」

帶走迴盪的回憶　你像流浪的流星
把我丟在黑夜　想著你
你要離開的黎明　我的眼淚在眼睛
下定決心　我決定
用恆星的恆心　等你　等你
等著你　等著你　等著你　等著你

音樂結束了，我們之間又是一陣沉默。

向子澄的視線停在電腦上的歌詞。

「我懂了，漂亮學姊是恆星，所以你化做行星守護著她的愛情軌道，用自己的方式運行。」

「果然是校刊社社長。」我不吝嗇地給予她最激賞的眼光。

「她等他，你等她，所以你們的主題是恆星的恆心。」她說。
「他愛她，妳愛他，那你們的呢？」
「可不可以你也剛好喜歡我。」
我想起來了，那是我第一次聽到向子澄唱的歌，那首明明唱到哽咽，還騙我說因為歌詞太動人的歌。
「不可以，他已經跟張寧希在一起了。」我揚起一抹邪笑，看著她皺在一起的五官。
「也許他會分手，然後發現我才是最適合的……」
「的妹妹。」知道插嘴很沒禮貌，可是我本來就不是一個有禮貌的人。「別幻想了，妳在周昱愷心裡以前是妹妹、現在是妹妹、未來也只會是妹妹。」
沒有預期的白眼，向子澄只是露出淺淺的笑容。
「是啊！有些事都是輸給了安排，如果我爸媽不收養他，而是讓他以青梅竹馬的身分跟我一起長大就好了；學長你也一樣，如果謝康昊是在你之後出現，漂亮學姊就會是現在站在你身邊的人了。」
「妳怎麼知道思秧說過這句話？」
「我不知道啊，只覺得謝康昊是因為給了漂亮學姊太過深刻的回憶，所以你才進不去她心裡；不然你長這麼帥，沒道理會輸啊。」
「對啊！真的沒道理。」我明明就比謝康昊帥。
向子澄對我的自信不以為然，輕輕點頭。「欸學長！如果你今天喜歡的人是我的話，就沒有這樣的問題了，因為我沒有誰給的深刻回憶。」

「那為什麼不是妳喜歡的人是我，這樣妳也不用擔心自己的愛情變不倫戀了。」

我們凝視著彼此，不到十秒，噗哧笑了出來。

「才不要，你心裡已經住了一個人，我不想要有室友。」向子澄笑彎了腰。

「怪妳太廢好嗎！要是妳早一點遇到我就好了。」話一出口，我和向子澄都傻住了。

這樣的對話太危險，站在懸崖邊的我，撇開了眼。

直到我回過神時，吳子陵就站在離我們不遠處。

對，我都忘了他手上還擁有我家的鑰匙。

「學長？」向子澄一臉驚訝地看著不請自來的吳子陵。

「我聽說妳在阿浩家，所以來看看妳，今天還好嗎？怎麼沒來上學？」

「嗯，因為一點溝通不良才讓你們以為我蹺課，我沒事喔！」笑彎了眼，那是她的面具，她給大家的一號表情。

「沒事就好，剛剛看到妳的短髮，還以為阿浩帶了別的女生回家。」吳子陵瞇起眼，一臉猥瑣。

「他不常帶嗎？」向子澄微笑。

「嗯……妳是我第一個看到出現在這裡的異性。」吳子陵湊到向子澄身旁，用著剛好我能聽見的音量。「我嚴重懷疑他是GAY，那個系花只是障眼法。」

向子澄附和著點點頭。「他應該是，而且我覺得他愛的人，就是你。」說完，她笑呵呵地走向廚房。

吳子陵緊抱著雙肩往後退了一大步。

「你是有病喔！向子澄說什麼你就信。」瞪了他一眼，我打開電視，選了個最舒服的姿勢躺在沙發上。「說吧！到底來幹麼，以我對你的了解，是不可能單純來看向子澄的。」

「聰明。」吳子陵眨了眨眼，坐到我身旁。「你知道周昱愷跟張寧希在交往吧！可是我剛才在樓下，看到張寧希跟一個不認識的男生在拉拉扯扯。」

「高高瘦瘦帶著一個粗框眼鏡？」我說。

「嗯，你怎麼知道？」

看見向子澄走向我們，我刻意降低了音量。

「你形容的畫面，我也看過。」

「要跟她說嗎？」吳子陵的眼神飄向向子澄。

我搖搖頭，既然她都已經決定放下了，就不能讓她對周昱愷有一點點的同情。「她的身分很尷尬吧！」

「也是。」吳子陵輕哼了一聲，把視線移到電視上。

向子澄手裡拿著一盤剛切好的水果，我的額間落下了三條線，她真的把這裡當成自己家了……

「子陵學長，吃水果了！」漾著燦爛的笑容，她雙手奉上切得非常工整的蘋果。

那是我前幾天託我媽帶來，是要給她治便祕的沒錯，但是我還沒有說她可以擅自切來吃啊！

「哇！小太陽好厲害，切蘋果像在切模型一樣精準。」吳子陵拍手叫好。

「還好啦！是學長不嫌棄。」她還笑？

「向子澄，我什麼時候說妳可以切我的水果？」

「你不是說櫃子上的食物都是我的嗎？蘋果也放在櫃子上。」只見她一臉無辜。

我挫敗地垂下肩。「好，算妳狠。」

向子澄向我眨了眨眼，便開始跟吳子陵討論起正在播放的偶像劇劇情。

說到精采處她還會伸手拍打吳子陵的肩膀，見她豪邁盤著腿，大口吃零食的樣子。

我好像有點能夠理解，為什麼那麼多男生喜歡她的原因了，她很好相處剛好又長得很漂亮。

「阿浩，你是不是聽不懂我們在說什麼？」吳子陵趁著廣告空檔轉過身來看我。

「內容那麼無聊，我也不想懂。」起身，我打算到陽台抽菸。

「欸！小太陽我問妳，妳認識寧希的前男友嗎？」吳子陵的話，卻引起了我的興趣。

向子澄皺起眉，抿了抿嘴。「為什麼這樣問？」

「我只是有點好奇而已，不方便說就算了，真的。」吳子陵搖搖手。

向子澄嘆了一口氣。「林耀威跟寧希在一起很久了，大概是從國三開始交往的，這中間分分合合很多次，每次分開的原因都是因為寧希抓到他劈腿，不是故意要偷聽你們說話的，但是我想你們都看過他們兩個拉扯的畫面了吧！」

我和吳子陵點頭。

「寧希這一次是真的決定要離開林耀威，但是她太習慣被愛、被照顧，所以她才會在一分手，就投入周昱愷的懷抱，我知道有很多她無縫接軌的傳言，可是我希望你們能體諒她，她不是別人口中的那種女生。」向子澄的眼神很誠懇。

或許她真的把張寧希當成朋友吧！明明是情敵，卻如此努力地維護著她的名聲。

要是換成謝康昊，我巴不得他可以身敗名裂。

「寧希這次為什麼會狠下心來分手？」吳子陵輕推眼鏡。

「因為她捉姦在床。」向子澄搖頭滿臉無奈。「她一直相信著林耀威會改變，不過當真相赤裸裸地擺在眼前時，再多的愛都瓦解了。」

「所以她才會選擇周昱愷那個，永遠為她敞開的懷抱吧！」吳子陵說。

「嗯。」向子澄視線對上我，微微嘟起的嘴，她在羨慕，羨慕張寧希擁有周昱愷的懷抱。

「你們聊，我去抽菸。」收起視線轉身走向陽台，我討厭看到向子澄那副委屈的模樣，她總是努力地壓抑著自己真實的感覺。

就像那年的徐思秧一樣。

「他真的交女朋友了。」一道輕柔的聲音在耳邊響起，我抬起頭，對上她的淚眼汪汪。

「謝康昊？」我緊皺著眉頭。

「嗯。」

「是誤會吧！他那麼喜歡妳耶！」從抽屜裡拿出面紙，輕輕地放到她手心上。

「是他親口跟我說的。」她的眼淚像是窗外的傾盆大雨，下個不停。

「別哭了笨蛋。」

笨蛋用力抹去淚水，高傲地抬起下巴。「我不是笨蛋，我也不要再為他哭了。」

真的說到做到，我再也沒見過她大哭的模樣，就算再難過地把臉都皺在一起了，她也不曾掉下任何一滴淚。

長大後的我總是在想，如果那時候讓她哭得徹底一點，是不是就可以讓眼淚沖淡他們之間的回憶了。

甩甩頭，冷風吹散回憶，身後柔軟的觸感驚動了我。

「熄掉菸，借我靠一下，一下就好。」向子澄的額頭輕輕靠在我背上。

突如其來的接觸讓我動彈不得，手靠上欄杆，凝視著繁華的夜景。

「寧希受傷的時候都能靠在昱愷的胸前，漂亮學姊也有你，而我卻什麼都沒有。」

我緩緩轉過身，動作很輕很輕的，將向子澄攬進懷裡。「從今天起，這裡借妳。」

她抬起頭。「漂亮學姊怎麼辦？」

「反正她又不稀罕。」我聳聳肩，收緊手臂，牢牢地把向子澄鎖在我胸前。

「你也像周昱愷一樣，把我當成妹妹了是嗎？」

向子澄伸出食指戳了我的右臉頰。

「妹妹？感覺還不賴。」抓住她不安分的手指，我喜歡這個稱謂。

周昱愷可以用哥哥的名義去撩撥她的感情，那我也可以用哥哥的權力，去守護她的心。

「但是我不想再當誰的妹妹了。」她搖搖頭。「我想當學長最好最好的朋友。」

「最好的朋友？」

「嗯，就是無話不說、心靈相通，比任何人都重要的那種。」

「可以，但是妳要先跟我說，我和周昱愷誰的順位比較前面。」

向子澄笑彎了眼，湊到我耳邊。「周昱愷非單身，目前排名掉你後面了。」

我滿意地笑了，鬆開環抱的手，搭上她肩頭。

「雖然我們是最好的朋友，但是我不會停止對妳的嘴砲。」

「我也不習慣你對我太客氣。」

我們都笑了，在無盡的黑夜之中，成為彼此的曙光。

思秧曾經告訴過我：「謝康昊就像是冬天裡的陽光，照耀了大地，也暖了人心。」

於是，我開始討厭太陽，竭盡所能的讓自己成為一個不需要陽光的人。

「學長，在愛情這條艱困的道路上有我陪著你，是不是感覺好多了呢？」向子澄仰頭。

「其實還好。」我搖頭。

「那你看看我的慘狀，再看看自己。」她將臉書上周昱愷和張寧希穩定交往的動態，遞到我面前。

「喔！那我心裡真的舒坦多了。」

我笑著接過她的手機，搶先按下了第一個讚。

「按屁喔！一點也不讚好嗎？」向子澄大喊一把搶過手機，遲疑了一會，點開留言輕輕寫下。「恭喜嘍！你美夢成真了！」

「口是心非的傢伙。」我瞪了她一眼。

挺起胸膛，向子澄眨了眨眼。「你管我！」轉身跑進室內，還因為腳步太急差點被門檻絆倒。

望著她的背影，我揚起嘴角。「謝謝妳出現了，原來靠近太陽是這麼美好的事情。」

第八章

出乎意外的，張寧希與周昱愷交往很順利，也許他們之所以開始是因為張寧希想要躲進一個新的懷抱，但至少現在看起來真的是挺幸福的。

向子澄漸漸地習慣了他們的幸福，雖然偶爾還是會苦著一張臉來找我，但我知道，她是真的想放下那份多年的執著了。

吳子陵一樣喜歡拿著我家鑰匙進來討罵、一樣繼續單身，唯一不同的是，他跟楚琪之間多了一點點微妙的變化。

「明天空出來給我吧！我們設計展到了。」我傳了封訊息，給依然在心裡的那個女孩。大家都不太一樣了，除了我，還困在自己的死胡同裡。

「好啊！那有什麼問題。」

「爽約的是臭狗。」手指飛快地在鍵盤上敲打著，笑容偷渡到嘴邊。

「喲！有人在談戀愛喔！」向子澄輕敲房門，探出一顆頭來。

「妳為什麼會出現在這裡？」我愣在床上。

「子陵學長陪楚琪學姊去處理明天場地的問題，今天不會回來了，他把一些重要的東西託給我照顧啊！」向子澄一臉得意地舉高手中的鑰匙。

「重要的東西包含我家鑰匙就是了！」放下筆電，走向她。

「對啊！你快來客廳，我把設計展輸出的海報都拿過來了！」向子澄拉起我的手，快步走向客廳。

「怎麼不叫我載妳去？」

「我已經學會騎車了啊！很厲害吧！」

「妳幹麼學騎車？妳要去哪裡都可以叫我載啊！」雖然海報擺在眼前我應該要看的，但是此刻的我只在乎她為什麼要學騎車。

「學長！你好像搞錯重點了。」

我看著她，清了清喉嚨。「所以妳為什麼要學騎車？是不是周昱愷不想讓妳給我載所以……」

向子澄伸出食指抵在我唇上，微笑道：「我只是不想一直麻煩你，才想學的啦！」

「我又不覺得麻煩。」不悅地撇開頭，我把視線移到海報上。

向子澄將海報一張張的攤在地上，雖然成品讓人十分滿意，但是我卻笑不出來。

「我只是不想麻煩你，但是不代表你可以不用載我上下學啊！」向子澄蹲在我身旁，偏著頭。「你可是我的司機耶！」

因為她的這句話，我笑了。「司機妳媽。」

習慣，每天聽向子澄講一堆無聊到讓我翻白眼的美妝資訊、習慣，她明明不餓卻一定要吃到肉鬆麵包、習慣，每天跟她一起畫圖與談論著設計師給的任務。

當她變成了一種習慣，我就會自私地不希望再有什麼原因，去改變我們現在的關係。

「你會笑就好，我只是擔心有一天你跟漂亮學姊在一起了，那我真的就變成一個麻煩了。」

「妳什麼靈感覺得我們會在一起？」向子澄對我的愛情，比我本人還要有信心。

「你不是邀請她來參加設計展嗎？我們設計的情人傘就派上用場啦！」向子澄笑著從身後拿出，一把我們設計的傘。

那是一把溫控的傘，當一個人抓住把手時圖案是半心，而兩個人一起握住把手時，就會變成一顆火熱的愛心。

「才不是我們，那個噁爛的東西是妳自己發明的。」忍不住心底的嫌惡，我嘆了一口大氣。

「別想撇清關係，上面你也有掛名。」向子澄興奮地打開傘。「快點過來一起試用啦！」無可奈何的我握上手把，一顆紅心，大剌剌地照在我們身上。

「不錯吧！是不是超有氣氛，感覺撐完傘可以馬上去生小孩。」

好吧！不可否認如果是情侶的話，會覺得很浪漫，但問題是，我和向子澄就不是撐這種傘會覺得浪漫的關係。

「生妳的頭，思秧只是單純想來參觀而已，妳到時候不要給我添亂，聽到沒有。」用力彈了她額頭，我非常煞風景地收起傘。「還有，亂在室內撐傘，妳結婚那天會下大雨。」

「剛剛我們是一起撐的，所以你結婚那天也會下。」她朝我吐了舌頭。

「懶得理妳。」

手機響起，在接通前我對她比了一個中指。

「徐浩，晚點有空嗎？」

「有，怎麼了？」

「沒啊！最近發現一間不錯的餐廳，願不願意賞個臉一起去吃？」

「當然。」

我掛上電話，哼著歌雀躍地跳進房裡，灰色毛衣搭上白色襯衫，真的帥到無懈可擊。

「我要去約會了。」隨興地抹了一些髮膠，我朝向子澄走去，把手伸到她面前。

「那就抓個蓬鬆感的瀏海吧！」向子澄微笑著拉下我的脖子，讓我半蹲在她面前，好幫我整理出一個帥氣的髮型。

變身我專屬約會造型師已經好一陣子，她總是能精準地找到我最適合的樣子。

「妳怎麼那麼會抓頭髮啊！」

「我髮型設計師教的啊，因為他也很帥，所以我每去給他整理一次頭髮，就會叫他傳授他當天的造型技巧給我。」

「那我跟他誰比較帥。」沒有別的意思，就單純喜歡跟她身邊的異性做比較而已。

向子澄歪著頭佯裝頭疼的樣子，我瞪大雙眼準備開口嗆她時。「不同型，但是我覺得全世界沒人能比你帥。」

她的回答很浮誇，但是我很滿意。

「很好，妳今天早點睡，明天一早我就帶妳去布置會場。」輕摟著她的肩膀，我們一起走向玄關。

走向電梯，而當她轉開自家把手時，我猛然回頭。「向子澄！明天穿漂亮一點，我把妳介紹給徐思秧認識。」

走進餐廳時，天空下起了滂沱大雨，凝視著街上狂奔躲雨的行人，我想起了曾經和思秧一起在雨中跑的畫面，那時的我們都沒有帶傘，為了讓她趕上最後一班公車，我二話不說地脫下外套為她撐起一道防護罩。

她說我好像超人，什麼事都能做到。

可惜超人還是輸給了太陽，太陽不怕下雨、太陽根本不需要拚了命的替她遮雨。

哪怕我再好，終究比不過那一個謝康昊。

「在想什麼啊？瞧你發呆的樣子。」甜美而熟悉的聲音在我身後響起，長直髮配上一身素雅的洋裝，徐思秧帶著淺淺的笑容。

「在想妳什麼時候才會發現，我比謝康昊更適合妳。」有點戲謔的口氣，卻是我最真實的心境。

「無聊耶你，這個話題講不膩。」徐思秧拉著我走向靠近窗邊的座位。

看著滿桌子的豐富菜餚，我皺起眉頭，冷冷地說：「如果妳是假吃飯之名，行抱怨謝康昊之實的話，我會拿這個炸雞腿丟妳。」

她噗哧一聲笑了出來。「我想你對我積怨已久，但這次恐怕是要失望了，我只是單純想預祝你明天開始的設計展一切順利。」

「妳未免也點太多。」

「我以為妳會帶著小學妹一起來，我哥說她是妳的小跟班兼得意門生。」

「要是她來了這些才不夠，如果妳對她有興趣，我明天再把她介紹給妳認識。」想起向子澄平常的食量，我忍不住搖頭。

徐思秧瞇著眼露出曖昧神情，這樣的眼神我看多了，吳子陵、楚琪、張寧希他們時不時就用這樣的眼神看我，早已免疫。

「收起妳那礙眼的目光，小心我拿雞腿丟妳。」

她笑著攤攤手。「我覺得你才該拿雞腿砸爛自己的破腦袋。」

她意有所指，而我卻後知後覺。

「妳最近跟謝康昊進展如何？」

「沒有進展啊！他工作很忙，忙到沒什麼時間理我。」她放下叉子，滿臉的失望藏不住。

「妳不會主動去找他啊！以前有誤會不問他，現在有時間又不找他。」我淡定地看著她，明明喜歡她，卻總是成為她的愛情顧問。

「好啦！今天不要提他，我比較好奇你的近況。」

「我就是一直在等妳跟我交往，有什麼好問的。」

徐思秧吐了吐舌頭。「拜託換句台詞，聽到我耳朵都長繭了。」

我無賴地晃了晃頭。「不要，妳管我。」

「你最近真的變很活潑耶！」她舉起高腳杯。

「謝謝誇獎，如果妳變成我女朋友我會更活潑。」舉杯，敬我的青春。

口袋裡一陣酥麻感傳來，手機的來電顯示是向子澄。

我們視線交錯，徐思秧微笑道：「快接啊！」

「喂！幹麼啦！」

「學長我知道你在約會，但是我可不可以拜託你一件事？」向子澄的口氣很急。

「怎麼了？」

「我剛剛在趕去會場的路上出了車禍，海報全部都報銷了，你可以幫我去重印嗎？我怕明天去印會來不及。」

「妳有沒有怎樣？」提高音量，我的心臟狂跳。

「不用擔心我喔！昱愷他們已經在醫院陪我了。」

「周昱愷到了？」

「嗯，一點擦傷不要緊的，你約會完記得幫我去印海報就好。」

「白痴！管什麼鬼海報，我現在立刻過去。」我的口氣很凶，但那是因為我很擔心。

確認好醫院與她的位置，我掛上電話快速起身，對上的是徐思秧平靜的表情。

「思秧我……」

「去。」

「因為學妹她……」

「去。」

「抱歉……」

「快去啦!笨耶!」受不了我的躊躇不前，徐思秧起身將我推向大門。

離開餐廳後，我油門一催，直奔醫院。

看著奪門而出的徐浩，徐思秧微微搖頭。

「到底是你太遲鈍，還是我在你心裡造成太大的陰影?」

「徐浩學長?」跑進急診室，一道熟悉的聲音輕喚我。

旋過身，站在我身後的是手拿麵包和飲料的張寧希。

「看子澄嗎?跟我來。」她收起驚訝的表情，帶著我走到拉起簾幕的病床。

簾幕裡傳來周昱愷和向子澄的笑聲，當我準備伸手拉開時，張寧希像是想起了什麼似地拉住了我。「學長，你很懂子澄對嗎?」

「幹麼?」

「子澄喜歡昱愷，對吧!」張寧希直視著我的眼睛，語氣肯定。

不得不說那一剎那的我感到很訝異，可惜張寧希不知道的是，我非常善於口是心非。

「怎麼可能。」

「你知道嗎？人在無助的時候會打給最在意的人，我原本以為子澄會第一個打給你，可是卻是昱愷接到了她的電話。」

藏起自己的真實情緒，我露出淺淺的笑容。「怎麼說他們都是兄妹，妹妹找哥哥再合理不過吧！怎麼，妳吃醋了？」

張寧希搖頭。「我的戀愛情緒裡，沒有吃醋這一項。」

向子澄說過張寧希一再地原諒劈腿的前男友，也難怪她會說自己沒有吃醋的情緒。

「我就知道是你來了！」簾子打開，周昱愷攙扶著笑容燦爛的向子澄。

「那麼高興幹麼！」帶著大大微笑，我走向她。「傷勢還好嗎？有沒有撞到頭？」

周昱愷不悅地撇開頭。「還不是你害的。」

笑容僵在嘴邊，我皺起眉頭。「你說我怎樣？」

向子澄見狀，步履蹣跚地走來，輕輕勾起我手臂。「海報怎麼辦了？」

「海報楚琪幫我們處理好了，不用擔心。」我把向子澄攬在懷裡，仔細地檢查她的傷勢。

左小腿被紗布包裹著，左手腕打上石膏，唯一值得慶幸的是沒傷著她漂亮的臉蛋。

「所以我就說去哪裡都讓我載吧！豬腦還學人家騎什麼車。」我嘴上碎念著，身體卻是溫柔地把她送回病床上。

「子澄我買了東西給妳吃。既然學長來了，那我們就先回去了，還要去幫妳看看摩托車怎麼修理。」

張寧希微笑著摸摸她的頭，只有在面對向子澄的時候，她才會露出那樣溫暖的笑容。

「好啊！真的謝謝你們，對不起打擾你們約會了。」向子澄一臉抱歉。

「妳在謝個屁，照顧妳本來是我該做的事。」周昱愷的臉色很難看，不知道是不是因為向子澄一直抓著我手的緣故。

隨便，反正他的喜怒哀樂不關我的事。

「快回去啦！把剛剛欠寧希的紀念日浪漫晚餐還給她，距離十二點還有好幾個小時。」在向子澄出聲催趕以及張寧希的主動牽引下，周昱愷總算是離開了。

小小的空間裡剩下我們兩人，她的手沒有放開，我的視線也沒有離開過她。

「你看得我的臉都要燒起來了。」她微笑。

「妳不是說過會放棄他嗎？為什麼還會讓張寧希發現妳喜歡他？」板著一張臉，我笑不出來。

「寧希發現了？」偏頭皺眉，向子澄一臉疑惑。「但我是真的不喜歡昱愷了啊！」

「那妳幹麼第一時間打給正在約會的他？我就這麼不值得妳拜託是嗎？說我是最重要的朋友，卻還是第一個想到他。」

對一個病人亂發脾氣很無聊我知道，但就是忍不住。

「幹麼要生氣啦！就是因為你比較重要，我才會在兩個人都在約會的情況下，選擇打給昱愷啊！」向子澄輕拍我的肩膀。「漂亮學姊難得約你吃飯，我當然不可以成為你的負擔啊！」

我望著她誠懇的表情。「所以妳第一時間是想到我嗎？」

「這是你很在意的點是嗎？」向子澄失笑。「如果是一般男生講這種話，我會誤以為他對我有意思，不過今天開口的人是你，大概就是男人的自尊心問題了吧！」

「……」沒有回應，我靜靜等待著她的答案。

「對啦，我第一時間就是想到你。」

很好，這個答案我給一百分。

要說我男人自尊心作祟也行，反正向子澄總是能滿足我那，被徐思秧消耗殆盡的部分。

「我原本車子騎得好好的，沒想到有一個小孩突然衝了出來，害我重心不穩直接摔倒，痛死了。」向子澄一邊吃著麵包，一邊抱怨著。

「所以我就說妳不要騎車了嘛！」我轉開瓶蓋，遞到她面前。

她認同地點頭，話鋒一轉。「學長你剛剛說寧希發現我喜歡昱愷是什麼意思？」

「她誤會妳車禍時第一個打給周昱愷，是因為妳很在意他。」就跟我一樣。

「原來是這樣啊！那我再找時間跟她解釋吧！我可不希望好不容易放下了，卻被誤會了。」

「妳真的放下了嗎？」

我仔細看著她的雙眸，想確認這番話裡的真實性。

「當然啊！我又不是笨蛋，既然再往前走也只是到達哥哥這樣的目的地，就應該在轉彎處找愛情新方向啊！」向子澄揚起自信的笑容。「況且我條件又不差！」

那一瞬間，我被她這樣的笑容迷住了。

她說出了我心中的想法，也做了我一直做不到的事。

離開一直在等待的思秧，然後去找對的人。

「我收回之前說妳情商低這句話，從現在起，妳就是愛情世界裡的高能兒了。」

「耶！我終於有贏你的東西了。」向子澄興奮地比了耶的手勢。

「希望妳能好好地把持住，不要哪天周昱愷心血來潮對妳好，妳就又淪陷了。」冷不防的，我又朝她潑了冷水，

「不要小看女人的決心！」她用力拉了我頭髮。

「喂！」力道完全沒有在客氣，痛得我放聲大叫。「這是對待放棄了約會，而跑來找妳的人該有的態度嗎？」

「老實說你來了，我很驚訝，同時又很抱歉，打擾你的約會了。」

「其實也不過就是兩個人坐在一起吃飯，哪算什麼約會。」聳聳肩，我接過她手上的垃圾。「倒是妳，設計展是確定不能參加了吧！」

向子澄失望地垂下眼。「是啊！醫生說我要住院幾天，展覽就要拜託你了。」

「我沒有打算要去啊！我去了誰要照顧妳。」

「可是我們的作品⋯⋯」

「楚琪說放心交給她好了，難道妳懷疑她的能力？」玩笑似地挑眉，逗得向子澄猛跳腳。

「我才不會懷疑學姊的能力，只是不想一直麻煩你。」

「如果不是我照顧妳，那麼來的人是不是就會是周昱愷？」我壓低嗓子。

「應該是這樣沒錯。」

「那我照顧定了！」

「學長你是有沒有那麼討厭周昱愷啊？」向子澄笑了出來。

「我是在為妳好，人在脆弱的時候特別容易被照顧者吸引，妳才剛剛決定放棄周昱愷，我當然要把他隔絕得徹底一點啊！」

「謝謝你，以後你失戀，我絕對赴湯蹈火在所不惜。」向子澄感動地輕拍我肩膀。

「妳去死。」

第九章

看著熟睡的向子澄，輕輕替她蓋上被子，我拿起手機走出簾幕外。

「思秧，明天我沒辦法帶妳去逛展覽了，因為……」

「沒關係，我了解，學妹還好嗎？」她的語氣很平淡，就跟我所想的一樣，並沒有失望的感覺。

「手骨折，明天要開刀。」

「那你要好好照顧人家喔！」話筒裡傳來她曖昧的笑聲。

「思秧。」

「嗯？」

「如果今天……沒事，今天謝謝妳的晚餐，早點睡。」

「幹麼這麼客氣！好啦！掰。」

掛上電話，我盯著螢幕許久。

其實我是想問：「如果今天照顧學妹的人是謝康昊，妳是不是會很吃醋？」

不過算了，我只是她普通的朋友，憑什麼問這句話？

我根本連吃醋的資格都沒有。

「學長。」輕柔的聲音在我身後響起，向子澄光著腳丫子站在床邊。

「妳為什麼沒穿鞋?」我收起手機,快速跑到她身邊。

「鞋子掉到床底下我撈不到。」她看了我一眼,接著說:「你為什麼要放棄一個可以跟漂亮學姊相處的機會?其實我可以照顧好自己的。」

「一個連鞋子都拿不到的人,說可以照顧自己?」我蹲下身撿起她的鞋子。

她坐在床邊,我態度自然地幫她穿上撿起來的鞋子。

「你這樣好像找到仙杜瑞拉的王子喔!還替我穿上玻璃鞋。」向子澄的眼睛笑成了一彎弦月。

「妳不是仙杜瑞拉,而且這是拖鞋。」她的話讓我失笑。

「你明天一定要帶學姊去設計展。」向子澄拉住了我手腕,一臉認真。

「我不要。」

「一定要。」她的態度堅定。

「我說不要就不要。」而我也是。

「你在怕什麼?」她鬆開手,鼓起雙頰一臉鄙視我的樣子。

她八成是以為我害怕,帶著徐思秧去逛展覽會被大家說閒話。

這有什麼好怕的,我徐浩什麼時候在乎過別人的看法了。

「我怕妳沒人照顧、我怕周昱愷一出現妳就會再次喜歡上他。」

向子澄瞪大雙眼,伸手觸碰我的額頭。「沒有發燒啊!怎麼突然變這麼愛我?」

「我哪有愛妳,只是怕妳又變回愛情弱智。」

「學長，照顧別人這種話要想清楚再說，知道嗎？」向子澄憋住笑意，湊到我面前。

「妳想怎樣？」看著眼底閃爍著精光，一股不安感在我心中化開。

「我想……」

她想……

「想在你家住一整個暑假。」左手還打著石膏的向子澄拉著行李箱，自顧自地走進空著的房間。

「呿！周昱愷前腳帶張寧希回台南過暑假，妳後腳就搬進我家。」

「沒辦法啊！你自己答應要照顧我的，我的手又還沒好。」她不要臉地朝我露出燦爛的笑臉。

「我明明是說車禍的那幾天照顧妳，都已經過了一個禮拜了。」

「喔！可是你現在不收留我，我會流落街頭很可憐的。」

「聽妳在放屁！妳家就在我家對面！」完全無法接受為什麼會有一個女人，自己帶著行李來到我家。

「那個現在不是我家。」

原來向子澄他們學別人當二房東，把房子租給暑假沒宿舍住的同學，好讓他們打工時有地方住。

「周昱愷他們要回台南，這樣做合情合理，妳還要去事務所打工，是在租屁租啊！」

我崩潰大喊。

向子澄起身，帶著意義不明的微笑朝我走來。「學長！你不要怕，我是不會對你怎樣的。」

「我當然不會怕妳，是不爽妳沒事跑來跟我同居好嗎？」她這個白痴，先不論我們的交情有多好，都應該要想到我也是個正常的男人啊！

「同居是睡在一起，我們不同房間，頂多是合租。」還說得頭頭是道。

「我不管！反正妳現在給我滾回妳家。」

向子澄抿了抿嘴，瞪大無辜的雙眼走向大門。「我家就租給同學了啊！不然我去看子陵學長可不可以收留我好了。」

「幹麼？」

這番話落入耳裡，緊握拳頭的我大喊：「向子澄妳給我回來！」

「給妳住就給妳住，但是妳不准再穿熱褲出現在我面前。」伸手指向她的一雙長腿，我撇開眼。

「好，沒問題。」她再次揚起陽光般的笑容。

奇怪，我怎麼有一種，她一開始就咬定我會收留她的感覺。

※

暑假，是學生玩樂的美好時光，我跟向子澄卻忙得焦頭爛額，在徐思秧哥哥的公司工作，早出晚歸已成習慣。

「這邊色調改一下，客人下午三點要來看。」

我看著手錶，現在是兩點半，心裡暗罵了一串髒話之後，揚起笑容回答：「好的，沒問題。」

主管離開後，我對上向子澄的視線，一臉疲憊的她用嘴型表示：「他媽的！那個主管超廢！」

忍不住笑了出來，我假咳了幾聲。「過來啦！」

她興奮地小跑步到我的座位。「要我幫忙嗎？」

「不要在公司講別人壞話。」我伸手捏了她臉頰，口氣嚴肅。

她失望地垂下眼。

「要說，回到我們家再說。」補上這一句，她的笑容綻開。

原本以為她的出現，會帶給我生活上諸多不便，卻沒想到因為她，反而讓我喜歡上回家的感覺了。

喜歡下班後，兩個人擠在小小的廚房裡做菜，一起在餐桌上討論著一整天的開心與無奈，或是我明明在看美劇她偏偏要在旁邊吹頭髮，她在練習畫素圖我就在旁邊打ＰＳＰ，就算兩個人什麼話都沒說，也能很自在地做自己的事情。

向子澄是一個很棒的工作夥伴兼室友，也是我最重要的朋友。

我問自己：「現在的向子澄與徐思秧，到底誰比較重要？」

答案是向子澄，這點無庸置疑。

但是在我心裡，徐思秧仍是揮之不去的影子。

「到底要怎麼做才能像妳一樣，徹底放棄喜歡很久的人？」回家的路上，我問向子澄。

她看了我一眼，緩緩說道：「首先要先偷聽他跟女朋友都在房間幹麼。」

「妳？」我不可置信地看著她。

「我也不是故意的，就不小心經過他房間，然後不小心把耳朵貼到房門上。」她憋住笑意。

「妳有夠變態。」我鄙視地搖搖頭。

「不管我是不是變態，至少經歷過這樣的打擊，我也徹底的心碎了啊！」

「也是。」點頭附和，希望徐思秧不要讓我經歷這樣的打擊才好。

「妳沒有回台南，妳爸不會覺得很奇怪嗎？」向子澄從浴室走了出來，躺在沙發上的我開口問道。

「我是因為要打工啊！這理由很合理吧！」她坐我身旁，自然地把吹風機插頭放在我手上。

「那周昱愷為什麼會讓妳住進來？」一邊說話一邊習慣性地替她插上插座。

向子澄關掉吹風機，瞇起眼一臉狡猾地說：「因為我騙他說……我喜歡你，我要追你。」

「……」我先是一愣，接著斜眼看著笑彎了腰的向子澄。

「幹麼？你生氣了喔？」收起笑臉，她湊到我面前。

「沒有啊！」

「那你為什麼不笑？」

「我只是在想周昱愷的反應。」捏捏她的臉，我揚起嘴角。「他有沒有想殺了我？」

向子澄搖搖頭，伸手輕戳我的酒窩。「他現在完全沒心思管我，他的世界裡滿滿都是寧希。」

「向子澄。」我伸手攬過她。

「嗯？」

「因為很珍惜，所以我把妳放在第一，感覺得出來嗎？」

她輕輕點頭。

「所以如果有一天，妳遇到了喜歡的男生，一定第一個告訴我。」

「為什麼？要經過你同意是嗎？」

「不，我是要告訴他，敢不喜歡妳就死定了。」

「那如果有一天我喜歡上你了怎麼辦？」

她在笑，那深深的酒窩證實了開心的真實性。

「不准，我不想成為周昱愷那樣的人。」知道她的話是隨口說說，我也笑了。

「你又雙重標準了！」向子澄抬起雙眸，眨呀眨。「不准我喜歡你，然後又說，要是我喜歡的人敢不喜歡我就死定了。」

沒多去想她話中的意思，專屬於徐思秧的手機鈴聲響起。

「我去接電話。」按下接聽鍵，我走進房間。

揮手，又再次送走自己喜歡的人了。

「人不是經驗動物嗎？為什麼我學不會免疫這樣的男生呢？」

搖搖頭，向子澄走進房間，只希望在這個屬於他的空間裡，沾有那麼一點點她的氣息。

「徐浩你可以來救我嗎？我被一個變態跟蹤了，現在躲在你們學校附近的7─11裡。」

「好，我馬上到。」衝出房門，想起了向子澄跟我提過，她等等要去髮廊護髮。

「向子澄！向子澄！」不會是出門了吧！明明就說過要讓我載她去的。

拿起鑰匙，一股不安感在我心裡蔓延，要是向子澄自己一個人走在路上遇到變態了怎麼辦。

「學長。」房門打開，已經打扮好的向子澄一臉納悶地看著我。

「妳去髮廊穿那麼好看幹麼！」

「管那麼多！快點出門啦！」她微笑勾起我的手，朝大門跑去。

拗不過她堅持要自己坐捷運的要求，我只好確認她進站才離開，前往徐思秧所在的地方。

一進超商就看見徐思秧賊頭賊腦地躲在零食櫃，我緩緩走到她身後。「小姐，要陪妳回家嗎？」

「變態！」她拿著防狼噴霧快速轉過身。

「我啦！是我啦！」趕緊抓住她的手，一把搶過殺傷力十足的噴霧。

看著徐思秧鼓起雙頰，怒目而視的樣子，我忍不住笑了出聲。

「你很白目，非常非常。」背過身，她走出了超商。

看著她的背影，我想起了上次在家裡裝成鬼嚇向子澄的畫面，她雙腿發軟跪在地上求我去投胎的蠢樣，真的是讓人充滿了變態的滿足感。

「徐浩！你要站在那邊傻笑多久？」徐思秧回過身來，滿臉笑意地看著我。

收起自己愚蠢的笑容，我跑向她，替她開了後座的車門。

她遲疑了一會，揚起一抹邪笑。「副駕有主人了？」

「沒有，只是東西有點多。」心虛地撇開眼，不想承認在我心裡，那裡確實是向子澄的專屬。

專屬，一個她非常在意的詞，就好像被誰當成公主一樣守護著。

我的車是專屬於仙杜瑞拉的，當不了她的王子，至少我會是最稱職的騎士。

徐思秧微笑，豪邁地跨進後座，不再回應。

「小學妹的傷勢還好嗎？聽我哥說她很拚命，也很有才華。」

「傷好多了，倒是她拚命的程度跟妳哥真的有得比。」

「我哥說公司很多設計師都想追她，但是你老擺出一副想殺人的樣子。」徐思秧呵呵地笑了，輕輕撩起頭髮，是跟向子澄一樣的髮香味。

「她很笨，我只是不希望她再愛錯人，就只是這樣而已。」

紅燈時，她湊到我耳邊輕喚：「徐浩。」

「嗯？」我回過頭，距離很近。

「你知道我有什麼缺點嗎？」

「妳？固執、愛講髒話、口是心非、忽冷忽熱、愛耍孤僻、對自己想法太有自信。」透過後照鏡，看見她鐵青的臉色，我開心地越說越起勁。

「好了，夠多了！」她伸手拍打我後腦杓。「那妳說說小學妹的缺點。」

「生活白痴、貪吃，沒了吧！」

「那你再說說我的優點。」

「漂亮、聰明、成熟、獨立。」

「那小學妹呢？」

「做任何事都很認真、凡事都替人著想、就算自己難過得快要死掉了，還是會把快樂帶給大家、善良到連幸福都無法掌握。」說完才發現，自己竟然在徐思秧面前，滔滔不絕地說著其他女生的好。

「徐浩，你還沒發現嗎？」徐思秧偏著頭，輕推了我肩膀。

「發現什麼？」

「你提到我的缺點全是內心層面，因為認識很久而有了這樣的感覺，優點則是非常表面的，完全不需要認識就能感受到。」

我不解地望向她，完全不懂這些話的動機。

「可是妳口中小學妹的缺點是外顯的，只要有一點相處就能感受到了，而她的優點，卻是你從她內在裡感受與發覺的。」

「所以？」

「如果不是你有心要去進入一個人的世界，哪怕那個人有金剛不壞之身，也絕對被你這死個性凍死的。」

「妳家到了。」她一時說了太多需要花時間解讀的話，我拒絕回應。

「你不要逃避，我很懂你，如果有一天你的退縮變成了下一段感情的遺憾，我會過意不去。」她收起玩笑的表情，一臉嚴肅地看著我。

「因為不想要我喜歡妳，所以把我推給別人？妳以為這樣我就會幸福了是嗎？」我不悅地皺緊眉頭，口氣欠佳。「向子澄不是那種可以被當成替代品的女生，而且如果能這麼做我早就已經不知道交幾個女朋友了；妳不愛我是妳的權力，但是要不要忘掉妳也是我的自由。」

徐思秧深深地嘆了一口氣，在她甩上車門前，留下了這一句話。「你他媽愛誰關我屁事，你不聽我的勸告，就活該浪費學妹那麼好的女生。」

煙硝味環繞著我，疲憊地躺在椅背上，想在車裡點菸卻又擔心向子澄一上車就會感到不適。

這是我第一次對著徐思秧發脾氣，氣她總是喜歡提起我跟向子澄的關係。

我承認自己對向子澄特別好，但那也是因為她是我最重要的朋友，要是這些話落入她耳裡，她受不了流言蜚語離開我了。

我該怎麼辦。

徐思秧可以不愛我，但她不可以自以為的左右我的愛情。

我愛了她一整個青春，就算最後不會有結果，也不能把向子澄攪和進來。

因為我無法想像失去向子澄的我，會是什麼樣子。

煩悶地閉上眼，手機鈴聲響起。

「學長，我好了，你可以到捷運站接我了。」

「好。」聽見她爽朗的聲音，煩躁心情紓解了不少。

「肚子好餓，我們去吃飯好嗎？還是你跟漂亮學姊吃過了？」

「沒有，我只是載她回家而已，妳先找餐廳，等下我們一起去吃。」

「好，我等你來。」掛上電話，看著向子澄自己在我手機裡設定的來電照片。

現在這樣的關係很好對吧！愛情會搞砸一切，包括我最在意的這段友誼。

向子澄一上車，便滔滔不絕地說著她剛才聽見的愛情故事，生動活潑，就好像談了一場偶像劇式戀愛的人是她一樣。

等等！長得很帥的設計師？談過一場像偶像劇般的戀愛？

「我問妳，那個設計師的名字叫什麼？」不要這麼剛好，拜託，不要。

「ＮＩＣＫ。」

「我是說中文名字。」不會這麼巧吧？

「不知道，我從來沒有叫過他的中文名字。」向子澄一臉疑惑。「為什麼這樣問？」

「因為徐思秧喜歡的男生就是長得很帥的髮型師。」

向子澄輕輕挑眉。「這世界上長得好看的髮型師很多，應該不會吧！」

「也是。」點點頭，將視線停留在她身上。「所以妳決定要吃什麼了嗎？」

「不知道。」

我看了看手錶，一個不早不晚的時間。「不然我們去景觀餐廳？」

「你？徐浩要去景觀餐廳？」向子澄非常不給面子地倒吸了一口氣。

「妳不要就拉倒。」

「我要！我要！」她笑著抓住我的手臂。

睨了她一眼，我甩開她佯裝生氣的樣子。

我們來到了上次和徐思秧一起看夜景的餐廳，一樣的地方卻是兩樣情。

向子澄倚靠在欄杆上，眺望著整片霓虹。「原來這就是傳說中的夜景。」

「我以前都覺得看夜景的人吃飽太閒，沒想到這麼美。」

「你不是早就來過了嗎？」向子澄直視著前方。

「上一次我根本沒心情看好嗎？徐思秧滿嘴都是謝康昊，妳又一個人在我家，天曉得我有多怕妳心情不好死在我家。」

瞪了我一眼，向子澄鼓起雙頰。

「開玩笑的啦！我是真的擔心妳。」輕輕摟著向子澄的肩膀，哄她，已成我的習慣。

「最好是，你才沒那麼關心我。」使勁撥開我的手，任性，也成她的習慣。

我不回應，最擅長的就是轉移話題

「我常常在想一件事，如果是先遇見了妳，那我一定會追妳。」

「為什麼？」

「妳很好啊！漂亮聰明又了解我。」沒有半句謊言，向子澄對我來說，近乎完美。

「我是問，為什麼現在不追我？」纖長的睫毛眨呀眨，我對上了她的水靈大眼。

「因為我覺得現在的關係很好。」摸摸她的頭。「而且要是我追妳了，妳不逃跑才怪。」

「我為什麼要逃？」向子澄一臉不解，過於急切的口氣讓我遲疑了。

難道她……

「妳該不會喜歡上我了吧？」我低下嗓子，直視著她的眼睛。

「如果我說是，你會怎樣？如果我說不是，你又會怎樣？」那似笑非笑的表情，讓我感到困惑。

「我不會怎樣，但我希望現在的答案是，不是。」

因為我沒準備好放棄徐思秧，所以在那之前，請妳先不要愛上我。

如果可以，讓我先愛上妳，這樣我才能在確保妳不受傷的情況下，給妳一段完整的愛情。

向子澄垂下眼，我的心跳狂飆。

許久，她才緩緩抬起頭，帶著一抹邪笑對著我說：「放一百億萬個心吧！我是不會愛上你的。」

鬆了一口氣的我，心裡卻蒙上了一層灰，玩笑似地說：「看來我真的很沒有男子魅力。」

「不會啊！你很帥、很聰明、家裡很有錢、很溫柔，重點是很香。」她討好般地湊到我身旁。

「很香是怎樣？」

「知道為什麼我喜歡靠在你背上看書嗎？」

「因為我很香？」

「嗯，而且你的肩膀很寬，好像天塌下來了，也會為我頂住。」

「想要安全感，妳幹麼不直接躺進我懷裡。」沒有別的意思，只是單純好奇。

「因為這個懷抱終究不屬於我，與其之後要去適應失去，不如一開始就不要擁有，就像豈愷一樣。」她在笑，沒有酒窩的那種。

「我說過的要把胸口借妳。」

「但是我沒說要借。」

再一次給予激賞的眼光，她之所以吸引我，不單單是外在優異的條件，還有那骨子裡的剛強。

是的，向子澄很吸引我。

可是對於徐思秧，我分不清是愛還是習慣。

凝視著向子澄的側臉，一句不經意的話說了出口。「妳是不是很喜歡遲到？」

「請你說人話。」輕皺著眉頭，向子澄揚起淡淡的微笑。

「為什麼現在才找到我？」

「你不是徐浩，你是撩妹高手。」

「我沒有要撩妳。」只是我不確定，自己是不是有點喜歡上妳了。

「我知道，就因為你沒有那個意思才可怕。」她嘖嘖了幾聲，雙手抱胸。「差點被你的幾句話騙到心花怒放，把這些話留著跟漂亮學姊說吧！說不定你一個擦板動作，愛情就得分了。」

「有沒有可能我一個帥氣灌籃，一個漂亮三分球ＫＯ掉謝康昊？」

「不可能，因為他是永遠的ＭＶＰ。」向子澄這桶冷水潑得好，冷到她自己都打噴嚏了。

脫下外套，我輕輕披在她肩上。

「第一次看到潑人家冷水還自己感冒的。」

「還是你穿吧！小心感冒了。」

「撩妹高手都是這樣的，懂？」

「白痴。」看著我，她噗嗤一聲，笑了出來。

這個笑帶著深深的酒窩，還好，我還是那個能逗她笑的人。

第十章

陽光照得我頭痛欲裂。

「學長，你發燒了。」向子澄蹲坐在床邊，伸手觸碰我額頭。

「妳今天要跟主任出去標案，快出門。」

「可是我不能留你一個人在家。」她緊皺著眉頭，擔心全寫在臉上。

雖然我也很想把要她留身邊，但今天的活動對她來說非常重要，我不能斷送她的大好前程。「我等等會請徐思秧帶我去看醫生，妳快出門，不要第一次出差就遲到。」

向子澄眼裡閃過一抹失落，垂下眼緩緩起身。「嗯，那我出門了。」

看著她離開的背影，我後悔了。

不單單只是因為身體不適，還有更多想知道她眼底失望的原因。

拖著虛弱的身體走到客廳，看見了向子澄放在餐桌上的普拿疼、保溫杯裡的熱水和退熱貼，全都是她的貼心。

猛烈地咳了幾聲，喉嚨像是被火燃燒一般，我倚靠著桌邊蹲了下來。

「簡直是要死了。」吃力地從口袋裡拿出手機，畫面裡跳出了一連串來自向子澄的信息。

有沒有看醫生？醫生怎麼說？燒退了嗎？你還在睡嗎？

滑開手機鎖，在回覆向子澄之前，我想應該先找到救兵。

「徐浩你要幹麼啦？」然而我心中的救兵卻不太領情，徐思秧口氣欠佳。

「妳在台北嗎？」

「在台中，怎麼了？」

「我好像發燒了，沒事啦！我看看誰可以載我去看醫生而已。」

「你不是沒朋友嗎？還是你等我晚上回去，帶你去看醫生。」她的話裡帶著淺淺的笑意，此刻我卻一點也笑不出來，體內的寒氣逼得我全身顫抖。

「講什麼屁話！我還是有直屬學妹好嗎？」雖然她不在。

「好吧！那你好好照顧身體喔！」

「嗯，掰掰。」

「掰。」徐思秧她真的，一點都不在乎我。

如果今天發燒的人是謝康昊，就算她在月球，也一定會坐火箭飛回來的。

手機震動頻率高得嚇人，向子澄打來了，使勁滑開螢幕，我的眼前卻是一片漆黑。

穿著國中制服的我在長廊上追著徐思秧跑，笑聲迴盪在耳邊，只是不管我多麼地賣力，始終追不上她的腳步。

「徐浩！你不要再追了！追不到我的！」遠方的徐思秧停下腳步，朝我做了個鬼臉。

「我是不會放棄的！」氣喘吁吁地我邁開步伐。

「謝康昊！不要走！」徐思秧對著前方大喊，頭也不回地離開了我的視線。

眼淚模糊了眼前的景物，我粗魯抹去那奔騰的淚水，哪怕雙腳已經疲憊的開始反抗，仍舊無法澆熄我心裡想追上她的決心。

不斷地、不斷地跑，拚了命地向前，尋找著早已經看不見的蹤影。

「停下來吧！腳都流血了。」

一道輕柔的聲音響起，我低下頭，看見了血肉模糊的腳底。

「你一定很痛吧！」眼前的這個人是向子澄嗎？留著呆呆的西瓜頭，和一副黑框眼鏡，她溫柔地說：「跟我走，好不好？」

「不要，我要追上徐思秧。」搖頭，我態度堅決。

「要追上她，卻連一點點資格都沒有。」她皺著眉頭，指著我。「想陪人家跑馬拉松，卻連雙鞋都沒穿。」

「那憑什麼要我跟妳走？」

她臉上掛上了笑容，遞上紗布。「憑我不會讓你受到傷害，帶給你快樂，是上天給我的天賦。」

「妳這麼說，那就立刻讓我的腳好起來啊！這樣我就相信妳真的能帶給我快樂。」她的笑容是一道魔法，讓我放鬆給了我溫暖。

她蹲下身來輕輕地撫摸我的雙腳，抬起頭吐了吐舌。「不行，傷是別人帶給你的，要靠自己的力量好起來，然後遇見我，才有意義。」

我不滿地準備回應她，才發現人影早已經消失了。

「向子澄！向子澄！」張嘴想呼喊，卻怎麼也發不出聲音。

「學長！學長！你聽得到嗎？」

是向子澄嗎？為什麼聲音離我這麼近，卻不見她的身影？

「不要嚇我，你聽得到嗎？」身體被大力地搖晃著，我忍住想吐的衝動，緩緩張開眼。

「子……澄？」

「對！是我，我現在就帶你去掛急診。」向子澄一把拉起我，腳步沒站穩，我們倆狠狠地摔在地板上。

「妳有沒有怎樣？」看著被我壓在地板上的向子澄，想起身，卻使不上力。

「沒事！沒事！」翻過身，她扶著我的頭，小心翼翼地將我抱在懷裡。「我打電話請子陵學長過來幫忙。」

虛弱地靠在她懷裡，我撇開眼。「向子澄，我躺到妳胸部了。」

「白痴喔！現在是管這個的時候嗎？」向子澄嘖了一聲，便急忙對著衝進我家的吳子陵招手。

現在當然不是體驗胸部的時候，但是就很軟觸！

這句話我當然沒對向子澄說，因為我很快地被吳子陵背在身後了。

這可惡的吳子陵。

「為什麼是你？」天曉得我一張開眼只看見吳子陵時，心裡有多不爽。

「欸！你這個口氣非常差勁，好歹我是背著你跑來的。」吳子陵搖頭，遞上一杯熱水。

「嗯。」目光四處搜尋著某人的身影。

「不用看了！小太陽回家拿你的健保卡。」

「是喔。」想起了剛才的夢境，究竟是什麼意思呢？

「兄弟，你剛剛緊抓著小太陽手的樣子，超級男友力爆發。」吳子陵湊到我耳邊。「你終於開竅啦？」

「開竅你個頭，男友什麼的，不要亂講話。」

「你才不要耍嘴硬咧！楚琪都告訴我了，小太陽是你用講義跟她交換來的直屬學妹。」

一時語塞，好啊，楚琪竟然出賣我。

「那又怎樣，她是全班第一名，不選她我要選誰。」

「我記得某人大一時說過『直屬是什麼屁東西，我自己就夠了。』那個人是你嗎？」

「怎樣啦！不爽喔！」惱羞成怒什麼的，大概就是說我吧！

「阿浩！」吳子陵收起笑臉。

「幹麼？」

「你還喜歡那個系花嗎？」

「當然，問這個做什麼？」回答得很快，因為這樣的問題我已經問過自己千萬遍了。

「沒什麼，只是以為你會喜歡小太陽。」吳子陵聳肩。

「不要再問這個問題了，我覺得很煩。」

「喔，好啦！」

無心的一段對話，而他們不知道的是，門外有一道小小的身影罩上了一層灰。

「學長……」

看著向子澄的側臉，她有心事，卻不想跟我說。

「你們標案不順利嗎？為什麼苦著一張臉？」

搖搖頭，向子澄盯著手機螢幕。「很順利啊！」

「那妳到底怎麼了？」

抬頭，她盯著我的雙眼，緩緩開口。「你不是跟我說漂亮學姊會帶你去看醫生嗎？為什麼我一開門就看到你昏倒在餐桌邊。」

「可能是上次我們有一點小爭執吧！她不太想理我。」至少我是這樣感覺的。

「她不知道你發高燒嗎？」向子澄臉色很難看。

「不知道我的情況這麼嚴重吧！沒關係啦！她可能那時候也正在忙走不開。」

向子澄瞪大雙眼。「我終於知道你說我是愛情弱智時，抱持著什麼樣的心情了。」

輕笑，我推了她一把。「饒了我吧！不要再把話題圍繞在我的感情世界了。」

「好啦！不過如果有什麼爭執一定找時間去跟漂亮學姊道歉，不然你哪天真的被人家判出局就好笑了。」

「我覺得那件事，錯不在我。」

「你沒聽過嗎?不管真相，先道歉就對了的道理。」向子澄說得一臉認真，我差點就要上當了。

「歪理。」摸摸她的頭。「錯就是錯，對就是對，這才是真理。」

「學長你真的不懂女生，每個女生都希望遇到，即使是自己的錯，卻還是會無條件妥協的人。」

「包括妳?」我思考著她口中的話。

「當然啊!」點頭如搗蒜。

看著她傻呼呼的樣子，我忍不住伸手捏了她的臉頰。「好吧!那我開一個特例給妳，如果妳以後犯錯了，我會無條件地妥協。」

向子澄一愣，抓住了我的手腕。「我不要，這個道理有一個前提，就是只能對自己的女朋友。」

被不著痕跡地拒絕，難道她發現了我動搖的心意了嗎?

——她是在躲我嗎?

——不要，不要再為學長心動，我的愛情會造成他的困擾。

凝視著彼此，空氣凍結在這一秒，兩個各自懷著不同心思的人。

向子澄撇開眼，佯裝輕鬆地伸了個懶腰。「不知道經理他們是不是在逛逢甲了，好羨慕呀!」

「逢甲夜市?」

「對啊！原本說好我們工作結束後大家一起去逛，然後再開夜車回台北。」

「所以妳是因為我先趕回來的？」

「對啊！誰叫你都不回我訊息，我快擔心死了。」向子澄輕摸我的額頭。「看你下次還要不要亂耍帥借我外套。」

「如果妳很想去逛逢甲夜市，我們可以趁開學前公司放假的兩個禮拜去。」

「好啊！這可是你說的喔！」

「嗯，我是台中人，妳還可以住我家。」

「你家有房間？」向子澄一臉興奮。

「嗯，如果妳願意睡在那間房間，我媽應該會很開心。」淺淺的笑容底下，藏著我不願提起的傷。

但是我想告訴向子澄，告訴我的小太陽。

讓她照進我的遺憾裡。

※

台中，氣候舒適得讓人心醉。

我的家鄉，因為有了小太陽的到來，更顯美麗。

「我已經跟我媽說過妳會在我家住兩個星期了，她很興奮，希望不要嚇到妳。」進家門前，我湊到向子澄耳邊說。

「不會的！」笑容燦爛，不停扭動身體洩漏了她的期待。

「媽，我回來了。」一推開大門，就看見我媽笑臉盈盈地站在玄關。

「阿姨您好！我是向子澄，這是我的一點心意，希望您喜歡。」向子澄誇張地伸長了手，外加九十度鞠躬。

聞聲而來的老爸看見向子澄一愣，接著露出滿意的笑容。「很好，非常有禮貌。」媽媽牽著向子澄走進室內。「不好意思，因為我們浩浩很沒禮貌，所以一開始不太習慣妳的禮貌，希望妳不要介意。」

看著他們三人在客廳自在聊天的畫面，我鼻頭一酸，忍住潰堤的情緒，提著兩人的行李上樓。

如果晴晴還在，她一定也會很喜歡向子澄吧？

回憶倒轉，帶著毛帽的女孩站在專屬於她的公主房前，滿臉期待等著我精心準備的禮物。

「哥哥，禮物。」她伸出小小的手掌。

「先說魔法咒語才給妳。」我偏著頭微笑。

「晴晴最愛哥哥了！」女孩大叫，親暱地摟著我的脖子。

親親她的臉頰，恨不得將小小的身軀摟進我身體裡，好讓我來承擔她所有的痛苦。

可惜這間為她準備的房間，卻再也等不到主人。

「學長？」

急忙抹去眼角的淚水，我轉過身，微笑。「妳就睡這間。」

「這是晴晴的房間嗎？」

「妳怎麼知道晴晴？」我很確定，沒有跟其他人提起過我妹妹的事。

「剛剛我在客廳看到照片，阿姨告訴我的。」

「原來。」習慣性拉起她的手，走進房間，還是我記憶裡野薑花的味道。

「她放暑假沒回來嗎？竟然都不跟我說你有妹妹，害我沒準備到她的禮物。」

看著東張西望的向子澄，我說：「不用禮物，她過世了。」

向子澄瞪大雙眼，無語。

「徐晴她離開很久了，應該說，她根本來不及長大。」

輕輕地摟住向子澄，我靠在她肩上，眼淚不聽使喚。

「乖，你知道的，小太陽來了，下過雨後天空就會出現彩虹的！」向子澄抱緊我。

徐晴是我的晴天娃娃。

向子澄是真正把溫暖帶進我生命，

最珍貴也最不可失去的人。

整理好情緒，我帶著向子澄下樓，對上的卻是爸媽滿心期待的眼神。「我要帶子澄去逛逢甲喔！」

「好！玩得開心一點。」

「子澄多吃一點，台中美食非常多。」

「我會的，希望有一天阿姨跟叔叔也可以來台南玩，台南小吃也是一級棒。」向子澄漾著她的招牌笑容。

「妳是台南人啊？」媽媽驚呼。

向子澄輕輕點頭。

「太好了，我也是台南人，這樣妳嫁過來就沒有口味不合的問題了。」

我瞪大雙眼，想求助於老爸卻發現他也跟著瞎起鬨。

「我早就說了，她不是我女朋友，你們要是再亂鬧她，我就立刻把她帶走。」

向子澄臉上閃過複雜的眼神，她生氣了嗎？

「我真的不是他女朋友啦！學長他有一個喜歡很久的女生喔！」向子澄若無其事地走到我媽身邊，用不大不小的聲音說著。

「可是阿姨很喜歡妳。」

看出來媽媽對向子澄的喜歡有多真心，我卻尷尬得不知所措，爸爸輕咳了幾聲。「老婆妳就不要再瞎起鬨了！年輕人交交朋友而已。」

趁著媽媽還再回嘴的空檔，我一把抓起向子澄衝出門外。

直到我們驅車離開，才真正感到放鬆，我帶向子澄回來是不是一開始就是一個錯誤呢？

斜睨著她的側臉，正在補妝，並沒有發現我的視線。

「我媽的話，妳不用放在心上。」

「嗯，我只是很好奇，你為什麼願意讓我寄住在你家？」她抿了抿唇膏，是可愛的淡粉色。

「沒有為什麼，我們是朋友，不是嗎？」我看向她。

怦然心動。

「是，就只是朋友。」垂下眼，向子澄清楚畫下了我們之間的界線。

視線拉回前方，我該感到開心的不是嗎？如果說朋友會比情人更長久，那我就擁有一張永遠不會失去向子澄的認證票了。

可是為什麼？

我卻一點也開心不起來……

「子澄，到了。」搖醒身旁酣睡中的她，皺著眉頭，不開心嗎？

眨眨眼睛，向子澄雙眼迷濛地嘟起嘴。「我肚子要餓扁了。」

「歡迎來到逢甲，今天沒吃破肚皮，不准回家。」替她解開安全帶，視線交會的那一秒，向子澄撇開了眼。

人海裡，向子澄仰起頭微笑道：「我等等會不會被人海淹沒？」

我搖搖頭，牽起她的手。「放心，我會一直把妳綁在我身邊的。」

她餓我就餵她吃東西，她要買衣服我就幫忙提袋子，她累了我們就再找店家邊吃邊休息。

「學長，你以前很常陪漂亮學姊來逛逢甲嗎？」向子澄一邊吸著珍珠，一邊說話。

「沒有，我們高中讀不同學校，很少見面。」

「那你們都會去哪裡玩？」

「一中街、東海大學、美術館、勤美綠園道，大概就這些吧！」

「那你可以帶我去那些地方嗎？」向子澄一臉期待。

「當然！我還要帶妳去更多，就連我自己都還沒去過的地方。」笑著摟過向子澄的肩膀。

我想帶她去創造更多屬於我們的回憶。

「好啊！」她輕靠在我胸前，好聞的髮香味沁入鼻息。

「下一站，帶妳去看沙鹿看夜景。」

「不行！你……」

輕輕摀住她的嘴巴，我笑著說：「這次我有記得多帶外套，不會再感冒了。」

向子澄滿意地點點頭。「好，很乖。」

不同於徐思秧的大剌剌個性，向子澄的外向就顯得含蓄多了。

一樣喜歡在我車上脫鞋子，思秧會盤腿坐在椅子上，向子澄則會多蓋一件小毛毯。

「幹麼？妳怕腳臭被我聞到啊？」

「吃屎！我是怕你偷看我的底褲，上次生病的時候還亂說我胸部怎樣的！」向子澄毫不手軟地槌了我手臂一拳。

「小心啦！」我趕緊握住她的手腕，單手控制著方向盤。「如果妳很介意我可以跟妳道歉，但是我碰到妳胸部是事實，沒有亂講話。」

微微一愣，她笑出聲來。「白痴。」

鬆開了緊握她的手，我感受她熾熱的目光。「怎麼了？」

「你是不是從來沒跟別人起過徐晴的事情？」

「嗯，從來沒有。」

「包括漂亮學姊嗎？」

「對。」

「為什麼？」

「因為她的目光從來不曾停留在我身上，好像也就沒有跟她說的必要了吧！」

「那你幹麼告訴我，還讓我住在她的房間裡。」

「因為只有妳會在乎我的喜怒哀樂。」

「對，我很在乎你。」

我們相視著，心中有一股想再次擁她入懷的衝動，但是我忍住了。

這樣會破壞我們的關係，對吧？

帶著向子澄，遇見徐思秧。

不是沒有想過這樣的劇情，只是我還沒有做好心理準備。

「學長？你怎麼了？」向子澄伸手在我面前揮動。

「我好像看到徐思秧和謝康昊了。」僵直的身體，透露了我的惴惴不安。

「那我要先躲起來嗎？如果她誤會我跟你有曖昧就慘了。」

就在離我們不到一百公尺的地方，徐思秧挽著謝康昊的手，而謝康昊溫柔地撥順了她的長髮。

「我們什麼事都沒做，妳這個笨蛋躲什麼躲。」

「那要過去打招呼嗎？」發現了我顫抖的手，向子澄輕輕握住，然後又不著痕跡地放開了。「不要緊張，我懂你現在的心情。」

「如果他們有走過來的話。」

屏住呼吸，我站在人海裡凝視著徐思秧的笑臉。

就好像國中時候的我們一樣，她總是把燦爛的笑容留給了謝康昊，然後我遠遠地眺望著她，不遠不近，卻無法靠近。

就在我們會碰頭的前一個轉角，徐思秧轉移了方向，而我竟然獲得了一種前所未有的放鬆感。

但是就在那短短的幾秒鐘，我發現了謝康昊的目光，他瞇著眼一臉複雜地注視著我們。

他看見了我，視線卻是停留在向子澄身上。

「他為什麼在看妳？」謝康昊對向子澄的注意，讓我很不爽。

「誰？」向子澄一頭霧水。

「謝康昊。」

「想太多了吧！他又不認識我。」向子澄失笑，搖搖頭。「拜託你不要被情敵嚇到一個草木皆兵好嗎？」

「我哪有被他嚇到！」

「明明就有，坦白說剛才人那麼多，我根本不知道你說的人在哪裡，說不定是你自己眼花看錯。」

「我也很希望是我看錯，不過徐思秧恐怕化成灰我都認得。」

向子澄不再說話，只是主動牽起我的手，加入滿滿的人潮裡。

「以前都聽人家說一中街很熱鬧，沒想到會是這般盛況。」她嘟著嘴抱怨。

「很可怕吧！因為這裡是國高中生的最愛啊！」走路不長眼的傢伙，大力撞了向子澄肩膀，重心不穩的她摔進我懷裡。

「小心！」

「台中真是個適合戀愛的城市。」向子澄微笑。

「為什麼？」

「到處都是人潮，就有很多可以牽手的理由，你知道嗎？牽手可是會把女生心都牽走。」

向子澄的話，讓我下意識地收緊了手，而她並沒有掙脫。

「妳被我牽走了嗎？」玩笑似地抓起她的手，放在胸前。

「快了，畢竟你這麼帥又這麼香，完全對我的胃口。」她也在笑，笑彎眼的樣子。

「我就知道，像我這麼可口的人，妳怎麼可能免疫呢！」

向子澄暗下眼色，認真地注視著我。「學長，不可以這樣跟女生講話，如果不是因為我了解你，是會誤會成你對我有意思的。」

「……」

見我不回答，她甜甜一笑，捏了我的臉頰說：「是誰帶壞了我的酷酷學長啊！我一定要揍他，怎麼可以讓你變成一個撩妹高手呢！」

不知道該怎麼回應，因為我說的這些話，全都出自真心。

「我沒有撩妳。」

我真的喜歡上妳了，向子澄。

瞇起眼，向子澄點頭。「好吧！這一次就放過你。」

她興奮地跑進美妝店，嬌小的身材搭配著一頭深咖啡色長捲髮，就像是真正的公主一樣。

難道我就是吳子陵口中的萬年男二嗎？

在徐思秧的故事裡，我是解開她和謝康昊之間那道謎團的偵探。

而在向子澄的故事裡，我是一個替公主擋風遮雨的騎士。

扮演著重要的角色，卻始終不是誰的選擇。

煩躁地點起菸，天空突然下起了綿綿細雨，我轉身看見向子澄一副鬼上身的樣子，狂把東西放進置物籃，短時間內是不會從店裡走出來了。

「算了！我先去車上拿傘吧！」

回停車場的路上，突然一隻強而有力的手拉住了我，回頭，是謝康昊。

「有事嗎？」對他，我從來就沒辦法好聲好氣。

「剛剛那個女生是你女朋友嗎？」

「關你屁事。」

謝康昊聳肩，拿出菸。

「我要走了。」越過身，我連一秒都不想跟他站在一起。

「不喜歡的話，就放過那個女生，你想繼續追思秧，我沒意見。」謝康昊說。

自以為的態度，點燃了我心中怒火。「你以為你是誰，聖人？老師？還是白馬王子？」

彈掉菸灰，謝康昊搖頭苦笑。「徐思秧說你笨，還真他媽不是普通的笨。」

雨勢越變越大，不想跟他爭辯，我頭也不回地轉身離開。

我就是笨才會這麼晚發現自己喜歡向子澄，錯過了可以跟她在一起的最好時機。

現在的我要是說：「我已經快要不愛思秧，然後喜歡上妳了」

她不翻白眼才怪。

以前那傻不隆咚的向子澄我可能還有機會，現在聰明又獨立的她，我沒有把握，尤其是她那天語氣堅定地回答我。「對，就只是朋友。」

沿著騎樓拔腿狂奔，想在向子澄逛完時就能看見我。沒想到當我回到店門口時，卻連她的影子都沒看見。「該死的手機為什麼會沒電，找不到我就亂跑，向子澄是白痴嗎！」

一個那麼大的人，為什麼還會搞丟！推開熙攘的人群，我像是隻無頭蒼蠅般四處亂竄。

此刻的我才明白，周昱愷曾因為找不到向子澄而翻遍整個校園的那種情緒。因為我真的不知不覺走到了警察局前。

「需要幫忙嗎？」警察臉上的關心讓我遲疑了，他會不會以為我在鬧事呢？

「我、我找人。」尷尬地抓抓頭髮。

沒有我預想中的不耐煩，警察露出意味深遠的笑容，指向不遠處。「我猜，你在找她。」

「學長！」坐在椅子上的向子澄開心地朝我揮揮手。

「對！謝謝！我是在找她沒錯！」我對著警察行了一個九十度大禮，快步跑向她。

「你怎麼知道我在這裡？」

二話不說牽起她的手，我真的不想再經歷一次失去她的感覺了。

「這樣就對了！女朋友要牽緊啦。」離開前警察笑著對我說。

向子澄沒有掙脫，只是貼在我的身旁，緩緩走向停車場。

「為什麼要亂跑？」

「因為以為你只是去附近抽菸，沒想到走著走著，就迷路了。」

「以後如果找不到我，就乖乖在原地等我好嗎？」

「學長。」向子澄停下腳步，張大水靈雙眼。

「嗯？」

她猶豫了片刻，輕輕搖頭。

「沒什麼。」

好希望時間可以停在這一刻，然後就我們一直牽著彼此的手。

沒有漂亮學姊、沒有你那些誰也取代不了的回憶。

向子澄把話哽在喉間，躲進了徐浩替她撐開的大傘。

只是他們都沒有發現，在兩隻手交握時，在傘上開了一顆大大的愛心。

第十一章

「怎麼那麼快就要回去了！阿姨會想妳耶！」洗完澡，我聽見媽媽和向子澄嘻笑的聲音。

「阿姨我們有互加 LINE 呀！以後妳想我或是我想妳，就打給對方視訊好嗎？」

「好，這是妳說的，阿姨會把妳當作女兒一樣，每天騷擾喔！」

「沒問題，放馬過來吧！」她拍拍胸脯，逗得我媽媽哈哈大笑。

她已經很久沒有這樣笑了吧！我真是失職的兒子，一直活在失去妹妹的陰影裡，從來沒在乎過爸媽的心情。

爸爸笑著走向她們。「叔叔也可以參一腳嗎？」

「當然，我還可以偷拍學長的私生活給你們看喔！」

「你們住一起？」爸爸驚呼。

我心口一緊，跨出腳步想解釋時，向子澄倒是先開口了。「沒有，我們剛好是鄰居，我常常去他家做作業。」

「對啊！向子澄是我的鄰居，很會『找麻煩』的鄰居。」和向子澄交換了一個眼神，我坐到她身旁。

「老公你看，他們兩個多速配。」媽媽牽起向子澄的手。「澄澄，如果我們有那個緣分，給我家浩浩一個機會好嗎？」

向子澄揚起燦爛的笑容。「我當然樂意呀！不過阿姨妳看過學長喜歡的女生之後，就會讚嘆他的好眼光了。」

好一個四兩撥千金，向子澄不拒絕我媽，也不給我機會。

「媽，這個話題是要講多久。」

向子澄看了我一眼，不再說話。

「開開玩笑也不行，死孩子。」

看著手機裡不斷跳出的訊息，向子澄湊到身旁，卻被我一腳踢飛。「妳看屁啊！」

拿著手機走出室外，其實也沒什麼不能讓她看的內容，只是單純因為她剛剛的話讓我有點不爽而已。

「喂！吳子陵你幹麼啦？」

「阿浩你們要回來了沒？張寧希跟周昱愷好像發生了什麼事，你快把小太陽帶回來啦！」

「你在講三小啦！他們發生什麼事？向子澄回去是又可以幹麼啦？」

「我就是不知道才要你們快回來啊！幹我昨天看到周昱愷在陽台哭欸！」吳子陵語氣激動，一股不祥的預感升起。

「我們明天就回去了。」

「好啦！欸！你帶小太陽去台中有沒有那個？」吳子陵猥瑣的笑聲讓我頭皮發麻。

「那個三小！再見！」掛上電話，我望著手機發愣。

姑且不論周昱愷跟張寧希發生什麼事，向子澄我絕對不會讓給他的，但是如果向子澄知道周昱愷哭了，心疼他怎麼辦？

「是不是漂亮學姊啊！瞧你剛才緊張的。」向子澄碰的一聲，跳到我身後。

「是吳子陵。」轉過身，我輕輕倚靠在欄杆上。

「子陵學長怎麼了？跟楚琪學姊告白又被打槍啊！」向子澄呵呵笑了幾聲。

「他說，昨天看到周昱愷在陽台哭，不知道是不是跟張寧希發生什麼事了。」我仔細觀察了向子澄臉上細微的變化。

除了一點點的驚訝以外，沒有其他情緒。

「吵架嗎？」偏頭，她看向我。

聳聳肩，我說：「如果因為吵架就哭，也太沒用了吧！」

「對啊！反正明天回去就知道了，我們就先進屋子裡吧！外面都是蚊子。」

很好，她看起來一點也沒有擔心或心疼的樣子，心裡有些不踏實，我伸手拉住她。

「欸！等等！」

「嗯？」停下腳步，一臉疑惑。

「妳真的已經，不喜歡周昱愷了嗎？」

向子澄含情脈脈地看著我說：「我現在比較喜歡你。」

心中一陣狂喜，我的手不停顫抖著。

緩緩走向她，我們視線交錯。「向子澄……我……」

她將指腹放在我的脣上，瞇起眼。「噓！不要說，我只是開玩笑的。」

「妳知道我要說什麼？」

「知道，所以不要說，我不想聽。」她任性地摀住耳朵。

罷了，只要她不要回去喜歡周昱愷都好。

粗魯地勾住向子澄脖子，拉著她走進室內，準備著要帶回台北的行李，回去後的日子會有什麼樣的改變呢？

我不知道，也不想知道。

被徐浩拎進來的向子澄望著關上的房門，垂下眼，微笑失蹤。

「不多留一天嗎？阿姨等下去買菜，晚上煮妳愛吃的好嗎？」媽媽死命地扒著向子澄，說什麼都不讓她離開。

「媽，我們明天就要開學了，妳不要讓她為難啦！」我無奈地看著眼前這十八相送二人組。

「那阿姨到時候去台北看妳好不好？」

「當然好！」向子澄開心地點頭。

「好，既然妳們都達成協議了，那我們可以走了吧！」我推開大門，等待著向子澄的下一步動作。

「阿姨再見！我在台北等妳。」向子澄提著行李走向我。

「好，你們路上小心。」

關上門，看見了向子澄眼裡的失落，我知道，她一直很想念她的媽媽，就像我媽一直很想念徐晴一樣。

所以她們一見如故，而我也樂見其成。

「學長，回台北之前可以再帶我去一個地方嗎？」替向子澄繫上安全帶時，她輕輕拉了我的手腕。

「妳想去哪？」

「我聽子陵學長說過，你是因為一幅畫跟漂亮學姊分手的，我想看那是什麼畫。」

「好，我帶妳去。」輕笑，沒想到我的傷心地，竟會成為她想造訪的地方。

那幅畫一直被老師放在畫室裡，悉心地收藏著，每一個來這裡的學生，都會聽到關於我們青春的這段小插曲。

向子澄輕輕地揭開簾幕，等身的徐思秧畫像映入眼前，經過歲月的摧殘些許筆跡斑駁，卻不影響整體美感，可見繪製者的用心。

「真的好像漂亮學姊，但比起我看過的她，又再稚嫩一點，筆觸雖然很凌亂，配色卻細膩得很讓人驚艷。」向子澄驚呼。

「畫裡的她，大概才十三、四歲。」

「你好厲害，連髮絲這種細節都畫出來了。」向子澄勾起我的手，豎起了大拇指。

「不是我畫的，我只有畫眼睛部分還有補上一些細節而已。」

「不然呢？」她偏著頭。

「是謝康昊畫的，撇開因為是情敵所以討厭他之外，其實我真的滿佩服他的。」清了清喉嚨。「一個完全沒有學過畫畫的人，究竟是用了多少努力才能有這樣的成果。」

「要不是那時候有人挑撥離間，讓謝康昊以為思秧瞧不起他成績差，然後又誤會徐思秧跟我在一起，今天的他們也不會一錯過就是六年；這六年來，他的心意一直也都沒有改變過。」

「天啊！他當時是用什麼樣的心情放棄這幅畫的呢？」向子澄皺著眉頭，眼眶泛著淚光。

「又委屈又心碎吧！我不知道。」

「所以你在發現一切都只是別人製造的誤會時，就選擇放棄自己的感情，去成全他們是嗎？」她話一說完，眼淚撲簌簌地流下。

「我沒那麼偉大，只是覺得，原來我的存在就是造成徐思秧不快樂的其中一個原因。」嘆了一口氣，像是放下了心中的大石頭。

「天啊！你們的故事真的太催淚了，不管是誰都沒有錯，也都讓人很心疼。」向子澄哭得一把鼻涕一把眼淚。

「有沒那麼誇張。」我輕輕擦去她臉上的淚痕。

「我真的好心疼你，明明只是想認真地喜歡著一個人，換來的卻只是多年的羈絆和委屈。」

看著向子澄的眼淚，鼻頭一酸，雖然老天讓她遲到了好久好久，可是我終究是找到了她，一個凡事都先替我著想的她。

「別哭了，至少老天爺終於肯把妳送到我身邊了。」

「我？」她仰起頭。

「嗯，是妳讓我知道，原來自己是一個擁有很多情緒的人。」摸摸她的頭。

「也是你讓我知道，原來耍任性是一件這麼有趣的事情。」看著她破涕為笑的樣子，我心跳漏了好幾拍。

「如果我們早點遇見彼此，現在會不會就交往了。」向子澄說得很輕鬆，我卻聽得認真。

「其實我們可以……」

「可惜你的心裡已經有人入住了，住得太久了，要搬出來需要很長的一段時間對吧！」向子澄鬆開了手。

「我只是需要一點時間。」我直視著她的雙眸。

微微一愣，向子澄瞪大了雙眼，接著露出大大的笑容。「你不用勉強自己啦！我鬧著玩的而已。」

「可是我是說認真的，我只是需要一點時間去釐清一些感覺。」因為只有完全放下思秧，我才能好好地站在妳面前。

「該回台北了！」向子澄背過身往停車處前進。

「嗯。」小跑步追上她。

我不懂她的態度，感覺不是拒絕，卻也感覺不到她的真心。

倚靠在門邊，靜靜地看著向子澄收行李，她似乎在猶豫著要帶走哪些東西。

「妳那些衣服就留下來吧！反正妳這個人這麼愛住在我家。」於是我開口挽留。

「你說真的嗎？」

「嗯，而且妳把我這裡吵得天翻地覆了，說走就走，我會不習慣。」嗯，太棒了，越說越順口。

「好吧！我是該對你的寂寞負一點責任。」向子澄開心地把整理好的東西又通通搬了出來。「但是我還是要回去，我要去看子陵學長說昰愷他們怪怪的，究竟是發生了什麼事。」

「嗯，掰掰。」出聲叫住了準備離開的向子澄，我說：「早點回來。」

「嗯。」向子澄微微一愣，隨即露出了甜美笑容。

望著緊閉的大門，我輕揉眉心，對向子澄的感覺越是清晰，我的思緒就越混亂。

「吳子陵，你可以來我家一下嗎？」想了想，我除了吳子陵，還真的沒有其他男生朋友，也太可悲。

吳子陵打開大門禮貌地說：「打擾了！」

「靠！你擅自闖進我家三年，這還是第一次知道是在打擾我耶！」忍不住想譏諷他一番。

「這是你三年來第一次邀我作客，禮貌必須的。」無視我，自顧自地打開冰箱。

「欸！蘋果牛奶不准喝，那是向子澄的。」

吳子陵停下動作。「客房是她的、蘋果牛奶也是她的，會不會連我最愛的你都變她的了。」他話一說完，立刻趴在冰箱上一動也不動的。

「誇張。」

吳子陵收回玩笑的神情，隨手拿了一罐可樂坐到身旁。「說！找我幹麼？」

「我想不通一件事，所以想找人解惑，當然啦你不是最佳人選，只是我沒其他朋友，只好將就一下了。」

「你他媽廢話可以不用那麼多。」吳子陵瞪了我一眼。

「我問你，同時喜歡上兩個女生，這樣的行為是合理的嗎？」

「合理啊！就像我想追楚琪，可是看到一些正妹也是會想喜歡一下。」又是那一副吊兒郎當的死樣子。

「難怪會一直被她打槍。」我笑著搖頭。

「那不叫打槍好嗎？我是在收集五二〇次告白。」

「那你慢慢集，我只在乎現在我喜歡上兩個女生了怎麼辦？」我煩躁地扭扭脖子。

「簡單啊！選你感覺對她是愛的那一個。」

這我當然知道。「問題是，現在我分不清楚愛跟習慣的差別。」

「說人話。」

「一個，我不知道愛她是習慣還是愛，另一個，我不知道對她好，是習慣還是愛。」

「當然是有愛的那一個啊！一直對某個人好，也有可能是同情或是疼惜之情，不是嗎？」

我點點頭，心裡仍是不明白。「但是我對想對她好的那一個女生，在意程度，遠遠勝過於想愛的那個女生。」

吳子陵皺眉，輕撫著下巴。「好問題，這個答案或許只能交給大神了。」

「大神是誰？」我誠心期盼著他口中的大神是何方神聖。

「時間。」

翻了一個扎實的白眼，我說：「講什麼廢話。」

「欸！你不要以為我在鬧，時間它都可以沖淡心中的傷口了，為什麼不能看出你的真心呢？」

「所以你要我等是嗎？」我疑惑地望著吳子陵。

「對！如果你衝動下了定論，產生錯覺，然後錯覺又變錯決，最後你愛的那個人，就叫遺憾了。」他說得好像煞有其事，把我唬得我一愣一愣。

「好吧！我再好好想想。」

吳子陵帶著狡猾的目光，湊到我面前。「你喜歡的一個是糸花、一個是小太陽吧？」

「走開啦！」推開吳子陵，此刻的我只想要逃離現場。

「如果是我猜得這樣，不選擇小太陽，你他媽就是眼殘了徐浩。」

不理會吳子陵的叫囂，我走到陽台。

「妳前腳走，吳子陵後腳就進來了。」悠閒地拿起水管澆花，涼風徐徐，果然是夏季的尾聲。

「我不在家，是不是很安靜？」向子澄的聲音響起，她靠在欄杆上對著我微笑。

「昱愷他們，好像分手了。」向子澄淡淡地說著。

「分手？」我停下動作。

「好像而已，因為我發現他們又分開睡了。」

「妳沒有問他們嗎？」

「不想問。」向子澄嘆了一口氣。「一邊是哥哥、一邊是好姊妹，與其左右為難，倒不如裝作什麼都不知道。」

「也是。」我摸摸她的頭。「所以妳是要回來沒？我肚子餓了。」

明明只隔著一道圍欄的距離，我卻覺得向子澄離我好遙遠。

「冰箱應該沒有菜了，一起去買菜？」她說。

「走，先到電梯的人就贏了。」說完，我們快速旋身消失在陽台裡。

開學後的日子很平凡，除了周昱愷跟張寧希撲朔迷離的關係外，向子澄依舊是我室友，住在那間被她布置得非常舒適的客房裡。

「學長我的設計圖畫完了，今天晚餐要吃什麼？」向子澄輕喚。

「我正要去倒垃圾，不然就順便買吧！」看了看手錶，這才發現已經接近凌晨了，我們總是這樣，一忙起來就忘了要吃飯。

「好，那我要樓下麵館的乾麵謝謝。」說完，她便接起了主管打來的電話。

看著她得宜的應答，和自信滿滿的笑容，認真的女人最美這句話，一點也不假。晃晃頭，我收起自己痴漢般的眼神，心虛地拿著垃圾出門。

最近我的夢裡，老是會出現與向子澄共組家庭的畫面，她是一個被孩子吃死死的媽媽，而我則是抱著她對孩子們嚷嚷：「死小孩！不准欺負我老婆！」

那畫面太美，美到我不想醒來。

「學長，這個笑容會不會燦爛得太囂張了。」一進垃圾場，我就撞上了準備出來的張寧希。

「稀客！妳竟然也會自己來倒垃圾。」輕笑，我越過她。

「沒辦法啊！小Y環被你綁走了，我跟昱愷的關係又很尷尬。」張寧希聳肩。

「綁妳的頭，妳最大的問題是周昱愷吧！」

「可能吧！」我們走到室外，張寧希動作熟練地點起了菸，也遞了一根給我。

「不了，我想戒菸。」

挑眉，她自顧自地說著。「你到底什麼時候要把子澄還我啊！我現在的處境很需要她。」

「你們到底怎麼了？」

「我跟昱愷提分手了，但是他不肯。」周寧希嘆了一口氣。「他說可以保持一點距離，但是不能分手。」

「妳應該知道他很愛妳吧？」

「就是因為知道，我才想分手。」她看了我一眼。「我沒辦法愛他像愛我前男友一樣，這對他並不公平。」

一瞬間，我在張寧希身上看見了徐思秧的影子，而周昱愷，就是當年的我。

「妳不應該去幫他決定，什麼是值得，什麼是不值得。」

「但是我認識他太久了，就像家人一樣，每個人都希望自己的家人能獲得真正幸福的機會。」餘光瞥見了張寧希的手機不斷響起，而她總是慌亂地掛掉。

傷害別人，還想裝偉大。

「如果妳真的有自己講得那麼偉大，一開始就不應該投入他的懷抱。」

「我知道自己有錯，所以不想再錯下去了。」她的情緒激動。「子澄喜歡他，也許我退出，他們就可以真正的幸福了。」

「妳知道子澄的事？」

「我不笨，只是不太敢相信而已，畢竟在我的觀念裡，他們是兄妹，就算沒有血緣，法定上就是兄妹。」

「那妳現在又在說什麼幸福？」

「因為不這麼做，永遠沒辦法解開我和昱愷的結。」

一陣冷風吹進我心底，張寧希很自私，對周昱愷是、對向子澄也是。

「妳的意思是，自己不要的九成新二手鞋，要送人比較不會浪費是嗎？」

「你曾經說過，如果我不是真的喜歡，就應該把他還給真正會珍惜的人。」

她的話讓我啞口無言，對，這句話是我說的，但那是在我還沒愛上向子澄之前。

「向子澄現在歸我管，不是妳說要把誰丟給她就可以的。」

張寧希抬眼，語氣堅定。「原來你愛上她了。」

「這跟妳有什麼關係嗎？」

「那就算了，今天的話當我沒說過。」張寧希起身，邁開步伐。

伸手，我拉住了她。「妳這話什麼意思？」

「如果你喜歡她，那就算了，昱愷的事情我只能自己解決了。」

鬆開手，我看著她離開的背影，大喊：「張寧希，不管怎樣都不該選擇用劈腿的方式結束你們的關係，玩火者終將引火自焚。」

她搖搖手中的手機。「放心吧！己所不欲，勿施於人，這道理我還懂。」

其實我已經不只一次看過張寧希坐前男友的車回來了，剛才的電話也是他打來。

應該要把這件事告訴向子澄嗎？

「學長！你到底去哪裡啊！我都要餓扁了！」

一進門就看見她癱在地毯上，瀏海綁成了高高的沖天炮，臉上的彩妝也全部卸掉了。

若無其事地揚起微笑我走到餐桌前。「桌上這是什麼？」一張A4紙上全是密密麻麻的國字。

「是我的作業，之前選修姓名學，老師說期中考就是幫自己的小孩取名字。」皺起眉頭，如果是我，才不會花學分費去學這麼白痴的課。

「你幫我想想，我的小孩要姓什麼會比較好聽。」她興奮地走向餐桌。

「那也要看妳以後嫁給誰吧！」搖頭，習慣性地幫她把食物放進專屬她的碗裡，然後會自動把專屬她的杯子拿出來，等我倒飲料進去。

因為她喜歡專屬，我也樂於把所有的專屬都給她。

「我很喜歡自己的姓氏，可能是從母姓的關係，總覺得她沒有離開過我。」她低著頭吃麵，看不見表情。

「那就徐向晴吧！很好聽。」一個名字閃過我腦海。

「好聽，那我還要生兩個男生，就叫徐向行和徐向恆。」她抬起頭，笑彎了眼。

「向晴是因為晴晴的關係，那向行跟向恆呢？」

「行星的恆心啊！如果孩子問起，我就說，那是爸爸媽媽故事的起點。」仔細地研究了她的表情，像是玩笑卻又有一點點的真實。

「那我希望孩子們長得像妳、個性也像妳。」

「為什麼不要像你？」

「因為我個性太機車了，我嘴賤、冷漠、又缺乏幽默感。」

「哈哈哈哈哈。」一串的爆笑聲，是向子澄的默認嗎？

死命地瞪著她。

她輕捏了我的臉頰。「開玩笑的啦！哪可能輪到我當你孩子的媽媽，要也是漂亮學姊吧！」

直視著向子澄，我拉住了她的手。「向子澄，妳聽我說。」

「嗯？」皺眉，她一臉疑惑。

「我最近想通了一件事。」

「請說。」她微笑著。

「比起思秧。」吞了吞口水，我的眼神堅定。「我覺得妳更好。」

向子澄一愣，尷尬地遞上手機。「學長，你的手機響了！」

接過手機，我不耐煩地嘖了一聲。

「徐浩，思秧有跟你在一起？」哥哥的口氣很急。

「沒有，怎麼了嗎？」

「那你知道跟她很好的那個男生電話是幾號嗎？」

「你說，謝康昊嗎？」

「對，因為思秧晚上跟他出去，到現在都還沒回家，手機也沒帶出門。」

眉頭深鎖，我凝視著身旁的向子澄，她偏著頭臉上掛著淺淺的微笑。

「我去她平常會去的地方找找好了。」掛上電話，向子澄朝我眨了眨眼睛。「嗯那個……思秧不見了，我出去找她。」

「我也要去。」她拉住我的手。

我看了看手錶。「不行，太晚了，妳明天早八還有課。」

向子澄垂下眼，不再說話。

我摸摸她的頭說：「我很快就回來，妳先睡。」

「路上小心。」

徐浩隨手抓了件外套便衝忙趕出家門，這個動作也許對他來說並沒有特別的意義。可落入了向子澄的眼裡，這一切都是因為愛、因為擔心，所以一刻都不願意等待。

徐浩開著車在街道上找了徐思秧整晚，而向子澄就這麼定格蜷曲在沙發，一夜難眠。

陽光劃破天際，疲憊地身體癱在沙發上一動也不不動，直到轉動門鎖的聲音響起。

大門被推開了，徐思秧探頭張望著。「哥！我回來了！」

像是卸下了心中大石一般，我奮力地跑向門口。「妳死定了！黃花閨女夜不歸宿！」

「你怎麼會在我家？」她驚呼。

「來找你哥談大四去他公司實習的事情，剛好聽到妳整晚沒回家。」隨口撒了謊，我看向門外。

「所以我哥他人在哪？」

「我在這裡啦！妳昨天去哪鬼混？」哥哥笑著從客廳走了過來。

「我……喝醉了……然後。」她話沒說完，一股強而有勁的力道把門推開。

果然是謝康昊。

「然後因為她沒帶手機，我聯絡不上你，只好把她帶去我家，非常抱歉。」謝康昊的口氣誠懇。

「喔？」站在我身旁的哥哥挑眉。

我緊皺眉頭，凝視著趴在地板上的思秧。

「我們什麼事都沒有發生。」謝康昊輕咳了一聲，盯著哥哥的眼睛說。

「我也相信我妹妹不是那種隨便的女生，昨天真是麻煩你了，進來坐坐吧！」哥哥一說完，便轉身回到客廳。

只留下了我、徐思秧、謝康昊三人在玄關。

「你看什麼看？」謝康昊面無表情地看著我。

我們直視著彼此，一股詭譎的氣氛蔓延開來，徐思秧緩緩地起身，拉了拉謝康昊的衣袖。

「你幹麼這樣跟徐浩講話。」

「你跟她回來幹麼？」我一開口，火氣也不小。

「這是一種負責任的態度，關你什麼事？」謝康昊的語氣很平淡，彷彿眼前所發生的一切都與他無關。

「我要是你，就不會讓她喝醉，更不會讓她在我家過夜。」視線落在徐思秧的身上，我卻是對著謝康昊說。

「喔！是嗎？那真可惜你不是我。」謝康昊脫下鞋子走進室內，在經過我身邊時，輕蔑的說：「你永遠都不可能會是我。」

他的話狠狠地甩了我一個耳光。

其實我比誰都要明白，我的確，永遠都不可能是他。

抬起頭深深地看了徐思秧一眼說：「我先走了。」

「等一下！」她伸手拉住我的手臂。「你實習的事情談完了嗎？」

回過頭，朝她露出淺淺的微笑。「既然我又失戀了，還有什麼好談的，先去療傷比較重要吧！」

「你失戀的對象是指我嗎？」

「不然呢？我等了五年的人，拉住我竟然不是為了解釋昨天發生了什麼，而是問實習的事，這樣還能不放棄嗎？」

「我……」她鬆開了緊抓的手。「對不起，我真的把你當成很重要的朋友，但是愛……」

「我知道，自己永遠都不可能是那個傢伙。」儘管我再努力地撐起笑容，仍克制不住那顫抖的嘴角。「說出祝妳幸福什麼的太虛偽了！我先走了。」

轉身，徐思秧紅了眼眶。「那就我說，祝你幸福，還有，對不起。」

「對不起給我吞回去，妳根本不用道歉。」

關上門，這一次，我是真的走出她世界了。

第十二章

失戀應該是什麼樣子？

像吳子陵那樣買醉？還是學向子澄哭成淚娃兒？

「歡迎光臨！」

拖著沉重的步伐，我走到冰箱前，拿起啤酒。

就學吳子陵吧！

失戀哭成淚娃兒這種事，只適合向子澄那種可愛的女生。

「下午就喝酒，先生你失戀嗎？」店員說。

「……」瞄了他一眼，我將百鈔放在桌上便轉身離去。

「喝酒不能開車喔！」他還是不死心地對著我大喊。

在車裡，啤酒一罐接著一罐的喝，到底是誰說酒精可以麻痺人心？

我心裡的酸楚並沒有因為酒精而消退，更多是這五年來的委屈，全哽在喉間，好想吐。

拿出手機，刪光了所有與徐思秧的合照，視線停留在Instagram的第一張相片上，已經記不得是什麼事情，讓她笑得那麼燦爛了。

不過我相信，那個原因絕對不會是源自於我。

揉揉眼睛，手指飛快地在螢幕上點選著，而我，只留下了一句話。

不斷響起專屬於向子澄的鈴聲，不想接。

現在這狼狽的模樣，我一點也不想讓人看見。

已經數不清是掛斷她的第幾通來電，意識漸漸模糊，最後的記憶落在我開啟了一點窗戶，避免有人以為我想在車內燒炭自殺。

我站在遇見徐思秧的頂樓上，點了一根菸，卻沒有想抽的慾望。

靜靜地凝視著白煙冉冉上升，就像我的愛情，好似存在過，最終卻又消失於無形。

「你是誰？」粗嘎的聲音在我身後響起，聽起來像是還在變聲的少年，卻又像是哭啞了聲音那般。

緩緩地轉過身，我瞪大了雙眼。「沒意外的話，我是五年後的你。」

那男孩粗魯地抹去淚水，一臉狐疑。「我們見鬼了？」

「五年後的我沒死，現在的你也好好地站在這裡哭，所以應該不是遇到鬼。」雖然感到荒謬，可我還是揚起了笑容。

想起五年前自己對徐思秧告白的理由，竟然是因為希望讓長大後的自己會覺得，很帥。

「那你為什麼會出現？」男孩擤了擤鼻涕。

「我先猜，你出現在這裡，是因為你失戀了？」雙手抱胸，我看著五年前的自己。

「對，我跟思秧分手了。」男孩佯裝堅還強硬扯出了笑容，很難看，那個笑容苦澀到我以為他吃了屎。

摸摸他的頭。「沒什麼的，五年後的我也沒追到她，謝康昊還是贏了我們。」

「他回來了？」

「是的，也許不久後就會收到喜帖，如果她狠一點，或許還會找我當婚禮招待之類的呢！」苦笑，我靠上欄杆。

「你會恨我告訴她真相嗎？如果不說，也許五年後的她，還會跟你在一起。」男孩走到我身旁。

搖頭，我輕輕搭上他的肩膀。「不會，因為五年後會有一個很棒的女孩來到我們的生命裡。」

「你的女朋友嗎？」

搖頭。「我帶著你的傷口長大，直到遇見她，所有的疼痛都被一一撫平了。」

「那你為什麼不跟她在一起？」

「還不是因為你，死心眼地把徐思秧放在心裡最深的角落，害我花了好多時間釐清自己的愛情。」我輕輕地架了他一個拐子。

「所以你已經確定自己的心意了，是嗎？」

點點頭，我語氣溫柔。「一直以來，我帶著你的記憶『習慣』去愛思秧，看到她跟謝康昊一起出現時會難過，也是因為在我的腦海裡，有著你曾經付出的畫面，我心疼你，從來不要求回報。」

這番話惹得男孩熱淚盈眶。「你說的那個女孩，她對你很好是嗎？」

「她對『我們』都很好。」笑著糾正他，直到臉頰傳來冰冷的觸感，我才知道自己也哭了。

大徐浩和小徐浩，同時舉起右手隨意抹去了淚水，仰起頭看向日落。

「那就請你把悲傷留給我，去追那個女孩吧！」男孩直視著前方。

「不要怪思秧，她只是因為太愛謝康昊了。」離開前，我對著男孩說。

男孩深深地看了我一眼。「我知道，只是現在的我還放不下她，而且去追求真正屬於徐浩幸福的，是長大的你要做的事。」

凝望著他稚氣卻又堅定的雙眸，我笑了，發自內心的那種。「我要走了，思秧的故事總算是殺青了。」揮手，走向大門，猛然回過身對著男孩大喊。「對了！接下來的女主角叫向子澄，記住這個名字，等你遇到她的時候，記得對她好一點。」

男孩也笑了，那笑容溫暖的如寒冬裡的陽光。

我想他是記住了，不然多年後的我，又怎麼會對向子澄這樣素昧平生的人那麼好呢？

一股涼風襲來，地面上的沙全吹進了眼裡。

「嗯……」用力搓揉，張開眼，出現的卻是車內的景象。

手機已經完全沒電，看了看手錶，我想自己是做了一個很長的夢。

腦袋一陣暈眩，我下車，隨手攔了一輛計程車。
結束了多年的愛情肥皂劇，我現在只想飛奔到向子澄身邊。
推開大門，向子澄從沙發上一躍而下，朝我狂奔而來。
「學長！你出了什麼事！」向子澄伸手緊緊地抱住我，在我懷裡不斷深呼吸，想撫平那失控的心跳。
意識尚未恢復，我微微揚起嘴角。「笨蛋！我在妳眼裡有那麼脆弱嗎？而且我們不是說好了要生三個小孩，連名字都取好了，怎麼可以沒爸爸呢！」
抬起頭，向子澄噘起了小嘴。「那是鬧著玩的，你不要老是把這種話放嘴邊。」
「哪種話？」我倚靠在牆上等待著她的回答。
向子澄一步步退向牆邊，抿了抿嘴哀怨地抬起眼。「曖昧的話，要不是因為我認識，真的會誤會……」
「欸！」皺起眉頭，對她的話感到十分不耐煩。
雙手一板，向子澄因撞上了牆面而燜哼了一聲，彎下腰，我吻上了她的脣。
閉上眼，細細的感受她小嘴那溫軟觸感，右手扣上腰間，左手溫柔地撫摸著她的髮絲，我貪戀著她嬌小而柔軟身段，甜而不膩的花果香沁入鼻息。
好想擁有全部的她。
我愛她。

視線漸漸模糊，身體開始使不上力，下巴抵住了向子澄的肩膀，我再次失去意識。

「呼。」向子澄接住徐浩癱軟的身體，深深吐了一口氣。

用盡全身力量將徐浩扛回沙發上，雙頰泛紅的向子澄輕輕替他蓋上毛毯，撫摸著那令她傾心不已的側臉，心中滿是眷戀。

「我真的好愛你。」向子澄牽起了徐浩的手。

餘光看見他口袋裡的手機，貼心地將它接上充電線，螢幕裡不斷跳出訊息，吸引了她的目光。

「徐浩，對不起，一直以來你都是我很重要的朋友，如果今天的事情傷害到你，那我願意跟你說千次萬次的對不起。」

「徐浩，你在生我的氣嗎？我和謝康昊被彼此困在一個死胡同裡，你很好，你值得更好的女孩，也許小學妹才是你真正適合的人。」

「拜託你回我，你今天離開時的表情真的讓我很擔心。」

向子澄的雙手不斷發抖，她想知道徐浩今天究竟發生了什麼事情。

於是點開了徐浩的臉書與 LINE，最後她在 Instagram 上看見了徐浩唯一留下的貼文。

「妳是我，最無法淡然的存在。」

緩緩垂下手，向子澄深情凝視著熟睡中的徐浩，眼眶含著淚水顫聲道：「好過分，只是因為難過才吻我，而我卻要用多久才能忘了你的氣息。」

蹲坐在徐浩身旁，向子澄又再一次失眠了。

一早，門鈴聲大響，我困難地張開眼，模糊的視線看不清楚向子澄在與誰談話。

掀開棉被，起身。

「嗯，我知道了，掰掰。」關上門，向子澄朝我走來，簡單馬尾配上無懈可擊的甜美笑容，我竟然這麼晚才發現她是這麼迷人的女孩。

想起昨晚纖熱的吻，我不禁感到一陣燥熱。

「學長早安。」

摸了摸她的頭，卻被不著痕跡地躲開了。

「因為你昨天喝酒，所以我把牛奶改成蜂蜜水喔！」向子澄轉身回到餐桌前。

她這是什麼反應？

不是應該要很害羞地問我昨天幹麼親她，然後我就可以很順勢地說出。「因為我愛妳啊！」

不是應該這樣嗎？

拉開椅子，輕輕搭上她的肩膀。「我們昨天……」

「你快點吃完早餐回電話給漂亮學姊啦！」向子澄僵直了背，扯出一抹尷尬地笑容。

「我打給她幹麼？」

「她昨天一直打電話給你，我沒有接，怕她誤會。」向子澄胡亂地把吐司塞進嘴裡，衝忙起身拿著馬克杯奔向廚房。

現在是什麼情況？

向子澄那個智障到底在幹麼？

我張開雙臂擋住向子澄的去路。「我要跟妳談談昨天晚上發生的事。」

向子澄瞪大了杏眼，快速地移開視線。「可是，我不想談。」

「為什麼？」

「那不過就是你喝醉的一個意外而已。」她不在乎的態度讓我感到一陣悶痛。

「意外？」我皺起眉頭。

「難道你是一開始就計畫好，要在昨晚親我的嗎？」

「不是。」會親她，真的是一股衝動，可是我愛她，早在不知不覺。

向子澄聳肩，語氣輕佻。「初吻被你偷走的事就不計較了，拜託你放過我吧！不要再提起了。」

「妳真的覺得那不算什麼？」

「嗯，所以你也不要放在心上啦！」她揚起燦爛笑容，推了我一把。「對了！寧希搬走了，從今天起我要搬回家住喔！」

「妳要回去找周昱愷？」

「對，因為他好像還沒辦法接受寧希的不告而別。」越過我，向子澄大步走回房間，她連行李都準備好了。

不在乎我的吻，原來是急著回到親愛的哥哥身邊。

看著她忙碌的背影，我茫然無助。

聽不見她交代了些什麼，腦袋一片空白，門被關上了，特地為她打的鑰匙，掛在原本的位置上。

它的主人，不要它了。

我的小太陽，不要我了。

第十三章

門外，向子澄雙手抱膝低聲啜泣著。「徐浩你這個大白痴，誰要跟你談，談你只是錯把我當成她？·去死啦！」

一雙球鞋出現在向子澄的眼前，抬眼。「受傷就回家吧！妹妹。」

「明明自己也好不到哪去，如果心碎是開放性傷口，你已經失血過多死亡了。」向子澄哀怨地瞥了周昱愷一眼。

「我就跟妳說不要喜歡他了吧！」

「要你管，再吵我就回去喜歡你。」

周昱愷失笑，拉起向子澄。「我可不想再被一個喜歡和依賴分不清楚的笨蛋暗戀了。」

向子澄也笑了，直到昨天與周昱愷聊開，她才知道一直以來，自己都錯把忌妒當成是愛了，一切只不過是因為不甘心哥哥的疼愛被分走罷了。

這世界上到底要有多少錯過，才讓人學會更勇敢去面對自己的真心呢？

非要錯過了，才知道其實愛情曾在我們左右。

「你跟小太陽的問題不是沒有勇氣去面對吧？」吳子陵一派輕鬆地躺在沙發上。「是你喜歡上她的時候，她就不喜歡你了。」

「她喜歡過我嗎？」我就像洩了氣的皮球，癱在地毯上。

「你眼瞎啦！全世界都知道她喜歡你，就你沒發現而已。」吳子陵大聲嚷嚷。

「講這些都是屁話啦！」我嘆了口氣，拿起桌上的啤酒，一飲而盡。「結果還不是回到周昱愷身邊，他媽的向子澄這個智障，感覺不到我對她有多好嗎？」

「你對她好，可是你心裡住得是別人。」吳子陵好心「提醒」我。

「早就沒有了。」

「兄弟算了啦！」他搖頭。「緣分就是這樣啊！你看我跟筱玫，還不是錯過了就什麼都沒了。」

不再說話，我只是拚命地喝酒，往死裡喝。

「兄弟，聽說小太陽這一次要代表學校去參加韓國大學生設計大賽。」

從那天之後我幾乎沒再見過向子澄，因為畢製的關係不再去實習，而向子澄也有了新的接送司機。

她很忙，離開我之後就像是坐上了噴射機，一步一步地飛出屬於自己的世界。

偶而會在校園的一角碰頭，每一個擦身的時刻，我都想伸手抓住她，告訴她，我有多愛她。

可惜這個幻想從來沒有實現過。

天生就愛裝偉大的爛個性，總是說服著自己。「只要子澄好就好了。」

「學長！」那天她叫住我。

猛然回過頭，我天真的以為愛情回來了。

「你的東西掉了啦！」她微笑地撿起散落一地的素描紙，笑容太過疏離，我愣在原地。

什麼時候開始，我也是她需要戴著面具的人了？

整理好畫紙，向子澄緩緩朝我走來，揮了揮手。「什麼東西看傻了？這些應該是你的草圖吧！記得要收好喔！」

「妳要去韓國了對嗎？」

「對。」

「比賽加油。」接過她手中的畫紙，我輕聲地說。

「好……那你。」點點頭，向子澄欲言又止。「沒事。」

「妳要說什麼？」

「我想說……」大眼睛轉啊轉，最後對上了我的視線。「你最近還好嗎？」

「不好，非常不好。」

向子澄暗下眼色，勉強扯出一道笑容。「這樣啊！那、那你要快點好起來喔！」

我凝視著她怪異的表情，無言以對。

從口袋裡掏出一把巧克力，她輕輕攤開我的手掌心。「失戀其實沒什麼的，每當我難過的時候就會一直吃巧克力，心很苦，至少嘴裡是甜的。」

話一說完，她便匆促地轉身離開。

馬的白痴向子澄，把我的心搞那麼苦，給這些爛巧克力有什麼屁用。

胡亂地把巧克力全塞進嘴裡，我緊皺眉頭。「幹，難吃死了。」

轉過身的向子澄拔腿狂奔，直到她撞上了迎面而來的身影。

「子澄？」楚琪被向子澄迎面撞上，趕緊伸手抓住她的雙臂。

向子澄緩緩抬起頭，對上了楚琪擔心的目光。「學姊……」

「妳怎麼哭了？告訴學姊，誰欺負妳了？」

向子澄緊緊地抱住楚琪。「為什麼就是有人可以幸運的，住在一個人心裡很久很久，又為什麼心裡住了一個人，就再也看不見身邊真正愛他的人呢？」

楚琪嘆了一口氣，凝視著遠處正在跟吳子陵談話的徐浩。「因為他是笨蛋白痴低能兒。」

我是低能兒嗎？

向子澄他媽的才是低能兒。

她在離開台灣前一晚，和吳子陵借我家鑰匙，準備了幾樣我愛吃的菜。

「生日快樂！」一打開大門，迎接我的便是她燦爛的笑容。

愣在原地，不確定眼前的她是真的，還是我太過思念而產生的幻覺。

「還記得我的十九歲生日是你幫我過的嗎？」向子澄拉著我走到餐桌前。

「嗯。」

「這是我的報恩喔！」

「謝謝。」看著她，我竟然有一種想哭的衝動。

馬的，太娘了。

聽著她嘰嘰喳喳地說著近況和未來規劃，她真的已經不是以前那個空有一身才華，思想卻愚蠢到爆的女孩了。

「快點許願吧！」她興奮地關掉電燈，一臉期待。

「第一我希望妳去韓國要好好照顧自己、第二是妳可以拿第一名回來、第三是妳要平安回來。」吹熄蠟燭，我們在黑暗裡，猜測著對方的心。

「幹麼把願望都浪費在我身上啦！」她笑著拿起湯匙，朝我的蛋糕挖下去。

「喂！哪有人蛋糕用湯匙吃的啦！」

「沒關係！就只有我跟你，又不是沒吃過你口水，大驚小怪什麼！」向子澄抬起頭，嘴角還沾上了奶油。

「妳真的很噁心，蛋糕被妳吃得像餿水一樣。」我嘴上嫌棄，臉上卻是藏不住的笑意。

好像又回到以前的我們。

還沒接吻時的我們。

深深吸了一口氣，我鼓起勇氣。「雖然妳說過不想和我談，但是我還是要為那天親妳的事道歉。」

她的動作在空氣中凝結，低下頭呢喃。「不是每件事都可以道歉的。」

「我真的不是故意的，是因為我……」

她伸出食指，抵住我的雙脣。「噓！我要回家整理行李了，學長掰掰。」

「喂！」我喊住了準備離開的她。「謝謝妳幫我慶生，出國要注意安全。」

「我會的，生日快樂。」

向子澄到底是真的感受不到我的愛，還是假裝不知道我的心意。

向子澄出國了，雖然只是短短的一個月，對我來說卻像是一年。

「你對小太陽是認真的喔！」吳子陵說。

「廢話。」

「那我覺得你應該是找楚琪問一下，感覺她會知道小太陽的祕密。」

吳子陵這麼一說，我才想起來，楚琪最近對我的態度非常冷淡，甚至常常出現鄙視的眼神。

因為我一直沒放在眼裡，自然也就沒有太在意。

該不會她知道我親向子澄的事了吧？

在一個涼風徐徐的午後。「什麼？你還親她？你還是人嗎你！」楚琪扯開嗓子大吼。

「她沒有跟你說嗎？」

「廢話！」楚琪睜大眼睛、咬牙切齒地看著我，就像是要把我大卸八塊一般。

無語，我望向她冒著火光的雙眸。

「所以你就一直要找她解釋你的那個吻是嗎？」

「對，我是該為那個吻負責任。」

楚琪湊到我面前，輕聲道。「沒有打算為誰的感情負責，就不要隨口說誰是你的責任。」

「不是就跟妳說了嗎？我說我會負責。」她是聽不懂國語嗎？

楚琪直搖頭。「你根本不懂向子澄，也不知道她要的是什麼。」

「那妳直說啊！她要什麼？」我快要失去耐性。

「今天是你先對不起她在先，用這麼機車的口氣說話是怎樣！」楚琪轉過身，頭也不回地離開了我的視線。

我到底招誰惹誰了？

先是向子澄莫名其妙疏遠我，然後又在生日那天幫我慶生，現在連楚琪也要亂罵一通。

我的愛情運是有沒有必要這麼坎坷。

初戀就碰到徐思秧那種死心眼的傢伙，好不容易來了個完美的向子澄，結果還沒開始就結束了。

習慣性點開向子澄的臉書動態，每天都有吃不完的美食，逛不完的街。

我總是懷疑，她究竟是代表學校去參賽，還是代表學校去玩的；滾輪向下滑動，我的視線停留在張寧希更新的大頭照上。

她果然跟前男友復合了。

是宇宙法則嗎？

每段感情終究會回到心理所屬的那個人身邊，然後其它的小配角功成身退。

沒有功勞，甚至連苦勞都被轉換成了同情。

就好比是我，和周昱愷。

苦笑，我打開了筆電，準備開始一整晚的挑戰。

第十四章

疲倦地打了個呵欠，我甩甩脖子，甩不去一身的煩悶。

手機響起，顯示著陌生的來電，我遲疑了一會，按下通話鍵。

「我是謝康昊。」

「有什麼事嗎？」他為什麼會有我的電話號碼？

「有件事要跟你說，幾點有空？」他的語氣平淡。

我看了看手錶。「永遠都沒空。」

「你要繼續耍幼稚沒關係，看來你對向子澄的事沒什麼興趣。」

說到向子澄，我心口一緊。「你跟向子澄有什麼關係？」

「你不會不知道我是她的髮型師吧？」謝康昊非常得意，再加重了語氣。「也是她傾訴心事的最佳人選。」

「屁！我跟她無話不談。」

「就因為你們無話不談，所以不能跟你說的話，她只能告訴我。」謝康昊輕笑。「十點半，在我們髮廊對面的星巴克，我只等你十分鐘。」掛上電話我再次看向手錶，還有十分鐘，拿起外套和鑰匙，奪門而出。

我他媽的連這十分鐘都不想等，這個死向子澄疏遠我也就算了，竟然跟謝康昊交心，擺明想逼我揍爆她那顆豬腦。

當我走進星巴克時，謝康昊已經坐在裡面了，帶著似笑非笑的表情，從頭到腳的打量著我。

走到他面前，單刀直入。「快說，向子澄是怎樣。」

「很好，夠直接。」點點頭，謝康昊放下手中的咖啡。「向子澄有喜歡的人，你知道嗎？」

「廢話。」不就是周昱愷嗎？

我不悅地撇開眼。

「所以你是在知道向子澄喜歡你的情況下，還錯把她當成了思秧的替代品？」他瞪大雙眼，不可置信。

「你到底在亂說什麼？」惡狠狠地瞪了他一眼。「我並沒有把她當替代品……等等，你說她喜歡我？」

「千真萬確。」

我直視著他的雙眼，想確認話中的真實性。「她親口告訴你的？」

「她是沒有說喜歡徐浩這句話，但是我看過她的手機桌布，是你們的合照。」謝康昊淺嘗了一口咖啡，抿了抿嘴接著說：「我這輩子最討厭客人說『請幫我做這個造型，因為我喜歡的人喜歡這樣的女生』，偏偏向子澄就只會跟我說這句話；深咖啡長捲髮，瀏海一定要旁分，你說說看，這樣像誰？」

「思秧。」我垂下眼。

「她很喜歡跟我分享學長對她有多『照顧』，雖然你的行為根本不只是一般的前輩會對晚輩做的了，她卻總是幫你說話。」謝康昊搖頭失笑。「當我從她口裡聽到你有多喜歡思秧的時候，只覺得你他媽的就是一個混帳東西而已。」

「我只是……」

「我知道，你只是分不清楚自己的感情。」謝康昊接著說。「所以才找思秧跟你說，結果你對她發脾氣。」

「她早就知道了?她們認識嗎?」

「基於很想擊退你的心態，我當然是會告訴思秧，不過她還沒見子澄，她希望有一天你願意自己介紹。」謝康昊似笑非笑的表情，看起來非常討打。

沒想到會是這麼幼稚的回應，我翻了一個白眼。

「向子澄一定不知道你就是我的情敵，要是她知道你就是謝康昊，絕對會超級討厭你。」

「這倒是真的，聽著她一直罵我，剛開始還真的有點不舒服。」謝康昊哈哈大笑了幾聲，向子澄真的是可以融化任何人的女孩呢!

收起笑臉，謝康昊輕咳。「對了，思秧在向子澄心理造成很大的壓力與陰影，如果你要追她，記得給她多一點安全感。」

凝視著他的雙眼，這一刻我好像明白了所有的事情，就像楚琪那天對我說的。

「沒有打算為誰的感情負責，就不要隨口說誰是你的責任。」

向子澄逃，是因為害怕我會說出。「那個吻，只是因為我認錯人了。」

「我會對向子澄的感情負責。」我語氣堅定。

「嗯，那徐思秧我要搶回來了喔！」淺淺的微笑在謝康昊嘴邊，他起身準備離開。

「不用搶，她的心一直都是你的。」我對著他的背影說：「還有，謝謝你告訴我。」

「不用謝。」謝康昊轉過身。「雖然不知道你哪裡有問題，總是在當我跟思秧的愛情顧問，不過這次就當作我還你的，互不相欠了。」

帥氣地離開，這就是謝康昊，我曾經的情敵。

心情雀躍的像是要飛上天，向子澄喜歡我，那個長的可愛智商卻不高的傢伙喜歡我。

這段關係開始的起點是彼此無話不談的朋友，所以我的愛情，早在她心裡根深蒂固。

要如何去向她證明我的真心，才是現階段最困難的地方。

「你們覺得我要不要去跟周昱愷打一架，打贏了就可以跟向子澄在一起。」我坐在沙發上，一本正經地說。

這番言論贏得了兩雙白眼，楚琪率先開口。「我說你明明就是我們系上的第一名，怎麼碰到愛情變成一個白痴了呢？」

「真的覺得妳在針對我，以為我不愛向子澄的時候妳罵我，現在我跟妳說我愛了，妳還是有話可以說。」

吳子陵噗嗤一聲笑了出來。「沒想到天王星真的有被太陽融化的一天。」

「你們可以廢話少說一點，然後認真地告訴我該怎麼做嗎？」這就是為什麼我討厭交朋友的原因，他們只會把你煩惱當笑話，沒有任何幫助。

要是向子澄在我身邊，她絕對會為了我絞盡腦汁。

只可惜她還要兩個星期才會回來，而且就算她回來了，也不會是我討論的對象，難不成要我問她。「欸！我好喜歡妳，請問我要怎麼追妳呢？」

楚琪拿起手機，心不在焉地說著。「追一個喜歡自己的人，不難啊！有什麼好問的？」

「她喜歡我，是你們說的，要是她早就已經不喜歡了，那怎麼辦？」

「她不可能不喜歡你！」他們倆異口同聲說。

楚琪跟吳子陵是我生命裡最沒用的朋友，沒有之一。

現在的我不得不相信，媽媽曾經說過的話：「多交一點朋友，總有一天他們會幫到你的。」

真的沒有選擇，於是我找了他。

「所以我就跟子澄說過了，你根本不懂她。」從沒想過有一天，最討厭的人會跟我坐在酒吧裡，談論著同一個女人。

而那個女人，還不是我們從小愛到大的那一個。

「幹麼跟她說我的壞話，你果然是我愛情世界裡的冤親債主。」輕晃著玻璃杯，我睨了他一眼。

「這才不是壞話，你要是真的懂她，就應該要發現，她很早以前就喜歡你了。」

「可是我完全感覺不出來。」

「所以我說你真的不知道哪裡有問題，幫她慶生、無條件接送她、讓她住進你家、最扯的是還帶她見你父母，做了這麼多曖昧的事情，還覺得你們之間有純友誼？」謝康昊的表情很傻眼，而我也是。

向子澄真的什麼事情都跟他說，可惡，我要吃醋了。

「你是在吃什麼醋，當初還不是當著她的面，說著心裡面有多喜歡思秧，向子澄的心情可比你現在難受一百萬倍。」被謝康昊一臉看穿，我尷尬地將視線移開。

「這麼說來，她突然疏遠我，真的是我自找的。」

「疏遠你，其實是因為，不想讓你每次看到她都要因為吻錯人而自責，還有，她並不想成為誰的替代品。」

鼻頭一酸，原來她的快樂面具下，藏的全是我帶給她的不開心。

始終不願跟我開口，開口說出她的難受與委屈。

就像我遇到徐思秧時一樣，怎麼都忘記了，當初我會對向子澄特別好的原因就是因為，她很像我。

「重新把她追回來。」這是我與前情敵討論出來的結論。

一個根本不需要討論，但是我們真的討論了一個下午的爛結果。

因為不管我現在說什麼、做什麼，向子澄都會認為是把她當成徐思秧的替代品，所以我必須傾盡所有的心力來追求她。

「我想想要怎樣才可以，又自然又有效的幫到你。」他爽快地答應了。

「你會幫我吧？」離開前，我和謝康昊站在騎樓下抽菸。

「謝啦！」

「不客氣，就當作是你完全沒染指過我家寶貝的謝禮。」

忍不住笑出來的我看向他。「要是你看過我靠近她時，她那勉強又害怕的樣子，就會知道為什麼我的初吻會留到向子澄身上才用到了。」

捻熄菸蒂，謝康昊瞥了我一眼。「每一場際遇，都是上天最好的安排，你跟思秧沒有緣分，也是因為向子澄還在找到你的路上。」

「嗯。」點點頭，認同他說的話。

記憶裡，所有的悵然若失，

不過都只是用來交換與向子澄相遇的代價。

「憑什麼要我把向子澄讓給你？」周昱愷大手撐在門邊，揚起一抹邪笑。

「憑我不會讓她哭。」一想到周昱愷曾讓向子澄哭得肝腸寸斷，我就好忌妒。

「你怎麼確定她沒有因為你哭過？」他還是在笑。

遲疑了一會，我緩緩地說：「她為了什麼哭？」

周昱愷晃了晃身體，沒有要回答的意思。

「我跟她有一點誤會，但是我……」

他直視著我。「學長你以前的表現，真的讓我很不放心。」

我以前到底是怎麼了？不過就只是對愛情遲鈍了一點，為什麼大家都說是我的錯？

皺眉，我搖頭。「我是真的很喜歡她，對她的在乎也絕對比你多更多。」

「學長。」周昱愷失笑。

「幹麼？」

「雖然你以前對我很不好，得罪了自己未來的大舅子，不過算了，誰叫我妹妹小小年紀就為了多跟你相處，隨隨便便跑去找你同居，我也不得不把她留在你身邊了。」

「不要把她講成這樣，她是因為你跟張寧希把房子租給別人，不得已才來投靠我的。」

周昱愷輕嘆口氣，把手搭在我肩上。「不要把向子澄那個小惡魔想得太無害，她可不是你心中的那種無辜小白兔。」

「什麼意思？」

「她有跟你說過嗎？用什麼原因說服我讓她住進你家？」

眼前閃過一個畫面，那天向子澄關掉吹風機，瞇起眼一臉狡猾地說：「因為我騙他說……我喜歡你，我要追你。」

「把騙那個字換掉，就是答案。」說完，周昱愷揮手道別。

我偏頭，思索著他的話。

「有那麼忙嗎？忙到沒時間上線。」呆坐在書桌前，等待著向子澄的上線通知。想當初我也是到韓國比賽的代表選手，明明就閒得要死，我還在飯店裡昏睡了整整兩天。

嘴裡不斷碎念著，我才剛起身想去找東西吃，手機就響起了。

心頭一震，不需要思考，那一定是通來自向子澄的來電，點開視訊鏡頭，那個令我朝思暮想的燦爛笑臉出現在眼前。

「學長！」她輕喚我。

「怎麼啦？」

「你的生日願望成真了！」向子澄低下頭像是在找尋什麼東西，接著舉起獎牌。「我拿到第一名喔！」

「這麼棒！」一直都對她的實力抱持著相當大的信心，但是此刻我的心情仍是激動不已。

不得不佩服自己，怎麼挑女朋友的眼光這麼好。

「沒什麼！誰叫我是你的徒弟呢！不拿第一真的說不過去。」向子澄驕傲地抬起下巴。

「回台灣我請妳吃飯。」

「那要吃很貴很貴的，吃爆你的存款。」她笑著說。

「那有什麼問題，以後我的存款都給妳，想吃多少就多少。」話中帶話的我直視著她。

偏頭皺眉，她在猜我話中的意思。

這是周昱愷告訴我的，在向子澄的世界裡，充滿了無限的腦補。

「那你最近好嗎？」

我輕輕搖了搖頭。

「怎麼了？還沒跟漂亮學姊和好喔？」她的眼神閃爍，明明吃醋，卻老愛裝關心。

「我又沒有跟她吵架，幹麼要和好，是妳在跟我吵架吧？」

「我哪有！」向子澄大叫。

「妳有！妳在跟我冷戰！」學她，我大吼回去。「妳都不理我。」

「那是、那是因為我在忙比賽，還有昱愷失戀，所以才、才比較忙。」見她心虛到連話都說不好。

「那有沒有很想我？」我說。

「蛤？」向子澄瞪大雙眼，不可置信地望著我。

「我是問妳，這些日子忙到沒空見我，有沒有很想我？」努力地憋住笑意，盡量讓自己看起來誠懇一點。

「不理你了！一直講奇怪的話，我要去買大家的禮物了，再見！」向子澄鼓起腮幫子，二話不說直接切斷了畫面。

愣在原地的我笑了出來，這就是傳說中的害羞嗎？

未免也太可愛了吧！

心情太好了，我必須去買酒回來慶祝一下，怎知道才一踏出家門，就碰上周昱愷。這麼晚了外面還下著大雨，他竟然穿著剪裁合身的西裝外套和皮鞋。「你要去哪？」

周昱愷緩緩轉過身，帶著微笑。「你當真以為自己是我妹婿啊！還管我去哪裡。」

「我只是想說如果順路的話，可以載你一程，外面下著大雨。」我指向窗外。

「Y夜店，有順路嗎？」

「乖乖牌要去夜店幹麼？自我放棄？」我冷哼了一聲，看來張寧希帶給他的傷害還真不小。

「才不是自我放棄，是多給自己一點幸福機會。」周昱愷率先走進電梯，帶著笑意的對我說。「你以為每個人都跟向子澄一樣幸運啊！一失戀就有從天而降的白馬王子。」

「講人話，謝謝。」

「說你啊！知道她難過就無條件收留她，還有你那溫暖懷抱，抱一抱她的心就留在你身上了。」

「喔。」無視他的調侃，我冷哼了一聲。

「喔什麼喔。」他嘆了一口氣。「明天下午六點，向子澄會到清泉崗機場。」

第十五章

飛機劃破雲端，向子澄終於要回到我身邊了。

「怎麼是你？」無法用文字形容她那又是驚訝又是驚嚇的表情，向子澄像神木一樣，直挺挺地站在離我不到一百公尺的地方。

我帶著既期待又怕受傷害的心情走向她，順手接過了她手上的行李箱，再自然地牽起她的手。

這一切都是那麼的自然，就跟以前的我們一樣。

「學長，你幹麼要牽我的手？」向子澄趁著機會，甩開了我的手。

「因為我想牽妳啊！」於是我又牽起了她的手，牢牢地，無視她的掙脫。

「你有問過我的意見嗎？」眼神在瞪我，臉頰上的紅暈卻出賣了她的真心。

「沒記錯的話，我牽妳從來沒有一次是經過妳同意的。」

微微開口，向子澄無言以對。

我們停下腳步凝視著彼此，直到向子澄的淚水在眼眶打轉。「你不可以這樣，這樣會引起誤會。」

「誤會什麼？誤會我喜歡妳？」

「對。」斗大的淚珠，隨著她點頭的動作落下。

「為什麼要誤會？」有句話說女人是從別的星球來的，這話果然不假。

我都已經做到這麼明顯了，她到底還在誤會什麼？

「因為你總是對我很好，好到我都以為你喜歡上我了，可是你明明就不是這樣想的啊！」

「我是這樣想的沒錯啊！」

「你根本聽不懂我在說什麼！」甩開，向子澄對我大吼。

她竟然生氣了！為什麼女人會這麼難溝通？現在聽不懂的人到底是誰？

向子澄調頭轉身就走，任性又不可理喻。

「向子澄！」不想追上她，我不認為這件事是自己的問題。

她依然故我的往前走，而我的腦海裡閃過一道畫面。

「學長你真的不懂女生，每個女生都希望遇到，即使是自己的錯，卻還是會無條件妥協的人。」那天，向子澄對我微笑，帶著憧憬的目光。

「包括妳？」

「當然啊！」向子澄點頭如搗蒜。

看著她傻呼呼的樣子，我忍不住伸手捏了她的臉頰。「好吧！那我開一個特例給妳，如果妳以後犯錯了，我會無條件地妥協。」

邁開步伐，我決定要跟這個從外星球回來的女人好好解釋

關於她口中一直以來的誤會。

全都是我之前沒發現的愛情。

「你不要拉住我喔！」向子澄走在前頭，語氣很激動。

「欸！向子澄！」

「我說你不要拉住我！」怒吼，而她依舊沒回過頭。

失笑，我緩緩走向她。「我根本沒拉妳，是妳踩到自己的裙襬。」

轉過頭，滿臉通紅的向子澄惱羞般鼓起雙頰。「我！現！在！要！回！家！」

攬起她的肩膀，我們一步步地朝停車場走去。

「我們有話回車上講，這裡大家都在看，八成把妳當成愛鬧脾氣的女朋友了。」

向子澄心虛地垂下頭，嘴上不知道在碎念些什麼，微微地扭動肩膀，企圖想掙脫。

「我討厭這樣的你。」走出室外時，她是這麼對我說的。

「真巧，我也不喜歡這樣的妳。」囉嗦死了。

向子澄哀怨地瞪了我一眼。

輕捏鼻尖，我湊到她面前。「不過我會慢慢去喜歡，畢竟女朋友愛鬧脾氣，以後也是無可避免的。」

先是翻了我一個扎實的白眼，接著坐進副駕駛座，很好，還知道那是她的位置。

搶先一步替她拉過安全帶。「等等我要跟妳說很多事，不准插嘴，聽到沒有。」

「如果你又要說親親的事情，我立刻跳車。」一臉嚴肅，感覺她不只是單純的想嚇唬我而已。

「妳先聽我說，再決定要不要跳車，好嗎？」看來謝康昊的霸道攻勢根本沒用，她完全不吃這套，我還是靠自己比較實在。

「嗯。」果然，向子澄這個吃軟不吃硬的傢伙。

我清了清喉嚨，發動車子，當視線直視著前方路況時，感覺自在多了。

「那天親妳，妳覺得我只是喝醉了對嗎？」

「對。」

「然後妳看了我的手機？」

「嗯，但我不是故意的，抱歉。」偷偷觀察了她的表情，一臉緊繃。

「沒關係，我只是很想知道妳看到了什麼，會氣到不想理我。」

「我沒有在生你的氣。」嘟著嘴，向子澄把頭低到胸前。

輕笑，我伸手撥亂她的瀏海。「還記不記得我們第一次見面的場景嗎？」

「陽台，你在抽菸，然後我叫你不要抽。」

「妳知道嗎？我從國中就開始抽菸，竟然因為妳的一句話，就在不知不覺中把它給戒了。」

「本來就該戒，抽菸對身體很不好。」她直視著前方，眼神漠然。

「抽菸的人通常是不在意菸對身體好不好，我是因為在乎妳的身體，才戒的。」

「然後？」

「然後我對妳很好，好到身邊的人都覺得我很喜歡妳。」

「你才沒有。」

「我有，只是沒發覺而已，錯把對妳的喜歡當成習慣，把對徐思秧的習慣，當成了喜歡。」

「你才不喜歡我，如果是因為想對我的初吻負責，那倒不必麻煩了。」

我將車子停在路旁，跟一個水腦症的傢伙談判，是非常需要一個安全且不分心的環境。

「妳是白痴嗎？」我解開安全帶，湊到她身旁。「如果今天我們是上床了，妳說要我負責那還比較有道理，問題是我只不過是親了妳這樣而已，請問要負什麼責？」

向子澄抬起頭，瞪大了雙眼，大吼。「徐浩你怎麼可以講的這麼隨便，那是我的初吻耶！」

「還說不在意，明明就介意得要死。」我笑了，就跟我想的一樣，她的豁達和不在乎，全都是裝出來的。

向子澄皺起眉頭，一臉委屈。「你到底要我怎樣？」

嘆了一口氣，解開向子澄的安全帶，讓她面向我。「我才想問妳要我怎樣，妳難道不知道我喜歡妳嗎？」

「你才不是真正的喜歡，只是因為失戀了，隨便找我來將就一下。」她縮了下肩膀，抬起眼。「我知道你一定是發現我喜歡你了，可我是不會因為喜歡，就讓自己成為誰的備胎的，知道嗎？」

「妳知道備胎的定義是什麼嗎？」向子澄情商真的很低，這是不論她學業成績多優秀都改變不了的事實。「為了妳的黑眼圈，我問思秧該怎麼煮紅棗水、不想看妳難過，所以我自願當妳的免費司機、幫傭。」

向子澄直愣愣地望著我，輕輕拉起她的手腕。「我很喜歡妳，也許比我自己發現的更早之前就喜歡了，我很遲鈍，讓妳受了很多委屈，抱歉。」

「你一直都很在意漂亮學姊，活在屬於她的世界裡，看不見我。」

向子澄的話惹得我鼻頭發酸，原來在她的眼裡，我們的故事是這麼酸澀。「對不起，我真的很不懂妳的心情，可是妳也不懂我，不懂我是多麼的喜歡妳。」

「我沒有她漂亮、沒有她聰明、更沒有她給妳的深刻回憶。」

「妳絕對比她更漂亮、比她有才華、更有她不曾給過我的快樂。」我凝視著她那雙會說話的眼睛。「因為有妳撫平了曾經那些傷口，我才能好好的跟過去的徐浩說再見。」

「所以你是真的喜歡我？」

「真的。」

「然後也知道我很喜歡你？」

「嗯。」

向子澄笑了，淺淺的，但是卻洋溢著幸福的氛圍。「那我問你，她還是你心裡最無法淡然的存在嗎？」

原來她介意的是這句無心話，搖搖頭。「思秧之所以難忘，是因為她給了我遺憾，可是當妳離開之後，我才知道，如果這次錯過了妳，那才會是我真正的遺憾。」

「因為我很喜歡你的回答，所以決定要送你一個獎品。」她笑著湊到我耳邊，輕聲地說：「送你一個跟我告白的機會。」

這什麼爛獎品，不是應該要親我才對嗎？

「我剛剛都說那麼多了。」

「可是你沒有講到重點啊！」

翻了一個白眼，我發動車子打算轉移話題。「餐廳訂位時間要到了！」

向子澄眼神裡的期待隨著車子的移動，逐漸轉為哀怨，最後用生悶氣當作結束。

伸手想牽她，卻被大力地甩開了，我女朋友怎麼連耍任性都那麼可愛呢！

「向子澄！」我輕喚。

她故意把頭轉向窗外，使用不言不語當作抗議。

「還記得第一次坐我的車，妳哭得亂七八糟的嗎？」

「喔。」

「那時候妳問我『是等一個人來愛你比較難，還是等到你不愛他了比較難？』想知道我的答案嗎？」

她仍是背對著我，胡亂哼了一聲。

「我覺得全世界最難的，是不愛妳這個鬧脾氣的小鬼頭。」

她緩緩轉過身，嘴角還揚起得意的弧度。

「因為不愛妳真的太難了，我做不到，所以妳可以做我的女朋友嗎？」

向子澄那傢伙抬起下巴，驕傲地晃了晃頭。「好吧！你都這麼說了，我也不方便拒絕你，以後孩子問起來是誰追誰時，記得自己承認喔！」

看著那調皮的表情，我忍不住伸手捏了她的鼻尖。

「我會承認，但是我會跟他們說是妳先勾引我的。」

「我哪有？」

「不知道是誰，為了跟我多相處一點，拜託哥哥跟當時的女朋友把房子租給別人，再假裝自己很可憐沒地方住。」

向子澄的臉色一陣青一陣白，心虛地左顧右盼。「我承認一開始是這樣沒錯，可是當我發現你床頭有跟漂亮學姊的合照時，就放棄了，我說真的！」

「妳怎麼知道我床頭有照片，妳偷看我睡覺？」我故作驚訝地大叫。

「才不是！是你自己沒關門！」她急忙地想解釋，整個臉紅得像蘋果一樣。

逗她就是這麼好玩，我清了清喉嚨打算告訴她另一件事。「好啦！偷看人睡覺的是我。」

瞪大雙眼，向子澄一臉震驚。「你偷看我睡覺？」

「對啊！妳的睡相真的差到爆，還有妳把衣服紮在褲子是怎麼回事，還好我夠愛妳，不然那副鳥樣子，別說勾引了，我沒給個下勾拳都是客氣了。」

「不要用羞辱我來掩蓋自己是痴漢的事實！」

「有什麼關係，我遲早要把妳娶回家，先驗貨一下沒什麼不好。」不知道怎麼搞得，講這種垃圾話真的讓我通體舒暢。

可能是最近跟謝康昊走太近了。

「你簡直變態。」

「向子澄。」趁著紅燈空檔，我抬起她的下巴。「穿著短褲跑來說要跟我同居沒有比較高尚，我們兩個根本天生一對。」

她嘟起嘴，不打算回應我。

「嘟嘟嘴是在跟男朋友討親親的意思嗎？」二話不說，我吻上了她。

她從僵硬到青澀地回應著，向子澄身上有魔力，一種讓我幾乎失控的魔力。

「叭！」直到後方來車急促的喇叭聲響起，我才緩緩放開她。

向子澄像小媳婦一樣縮在角落，紅著臉不斷深呼吸。

「妳很緊張？」我睨了她一眼。

「一點點。」

「沒關係，多練幾次妳就習慣了。」

有句話說：「戀愛是會改變一個人的。」

我想，我是不是遲早因為她變成一個愛講垃圾話的臭變態？

「請問徐浩先生睽違多年再次交到女朋友的心情是什麼？」向子澄搞笑地把寶特瓶遞到我面前。

「滿爽的。」

「那你問我，快點換你訪問我。」

我笑著推開她的手。「寶貝我在開車。」

她嘟起嘴，把寶特瓶放回胸前。「那我現在要發表交到人生第一個男朋友的感言。」

「我洗耳恭聽。」

「首先我要感謝張寧希，謝謝她選了一間這麼好的公寓，還逼我選了最小的房間，讓我遇見徐浩；再來要感謝我哥周昱愷，謝謝他把我丟在電影院，我才可以跟徐浩看了人生中第一場卡通電影。」

「聽起來你們的相遇很浪漫。」我看著笑彎了眼的她。

「是啊！而且他很帥，所以我常常趁他用電腦時偷看他，或是幫他摺衣服時，偷偷幻想有一天，可以穿著他的衣服在家裡走來走出。」

「我想以後妳愛怎麼穿，他都會很樂意的。」伸手摸了她臉頰，跟向子澄在一起，絕對是我生命中做過最正確的決定。

「學長。」抓住我手腕，向子澄輕輕地磨蹭著。「沒想到你真的會變成我男朋友。」

整顆心被幸福占據，我收緊手掌，將向子澄的小手緊緊包覆。「是嗎？我倒是常常幻想妳是我女朋友。」

「但是我很愛耍任性、腦子不靈光、愛睡覺又貪吃。」

「妳任性是我寵出來的我會負責，腦子不好沒關係，我的智商送妳再除二都夠用，愛睡貪吃就當作見習懷孕生活。」

「你都是這麼哄女朋友開心的嗎？」向子澄瞇起眼，佯裝生氣。

「從來沒哄過，還有我只是把心裡話說出來而已。」

「說起來，我也要謝謝漂亮學姊。」

「為什麼？」

「謝謝她不喜歡你。」下巴靠在肩膀，向子澄在我耳邊低語。「我才能跟你在一起。」

「我也滿感謝她不喜歡我的。」轉過頭，輕啄了小嘴，我揚起邪惡的笑容說。「妳怎麼那麼好親啊！」

她抿了抿嘴，蹙眉。「你怎麼那麼變態啊！」

「因為是妳啊！我遇到妳就會變成變態。」躲開向子澄的亂打攻勢，我們終於來到了餐廳。

「為什麼你會選這種川菜餐廳？」

「不是我選的。」聳肩，我牽起她的手。「是妳婆婆。」

「什麼！」向子澄大叫，趕緊甩開我的手。「不可以！」

我瞪了她一眼。「幹麼！妳是想玩弄我的感情嗎？為什麼不敢見公婆？」

討好般拉起我的手，向子澄眨了眨眼。「我不是那個意思，只是覺得太突然了，等我們穩定一點，再告訴他們好嗎？」

「妳是說，穩定要結婚時是嗎？」

向子澄翻了一個白眼。「反正今天不可以啦！如果哪天你甩了我，我見到阿姨會有多尷尬啊！」

我才應該要翻她白眼吧！不理會她嘴邊碎念，我自顧自地走進媽媽指定的包廂。

「我來了！」

「怎麼只有你？我們子澄呢？」隨著服務生推開門，媽媽探頭卻是一臉的失落。

「妳可不可以差別待遇不要那麼明顯。」我失笑，回過頭看見向子澄站在門外。

「因為我很喜歡她啊！她去韓國還說會幫我們買禮物，你這個死孩子不知道去幾個國家了，連個屎都沒帶回來。」

挑眉，我媽媽什麼時候講話那麼不得體了？跟她媳婦真的越來越像。

「一直站在外面，是要我去抱妳進來嗎？」我對著向子澄說，餘光看見爸媽交換了一個曖昧的眼神。

「嗨！叔叔阿姨！」向子澄緩緩地移動步伐，揚起甜美笑容走到我身旁。

「坐，先吃飯。」媽媽親暱地拉了向子澄坐在她身旁。

向子澄很看起來緊張，想必是害怕被說出我們在交往吧！

她真的智商夠低，那裡來的靈感，竟然擔心我會把她甩了？

「看到你們和好，我真的很開心。」媽媽放下碗筷，溫柔地看著她。

「我們沒有吵架啊？」向子澄說。

「可是我看浩浩很不開心，每次打給他說要找妳，他都苦著一張臉。」

向子澄轉過頭，眼神裡閃爍著心疼。「只是一點點誤會，沒事了。」

「那就好。」媽媽鬆了一口氣。「雖然浩浩個性從小就很奇怪，但我還真的是第一次看到他失魂落魄的樣子，就像是失戀一樣。」

我媽還真的是助攻王，我想她再多說幾句，向子澄就會心疼到把我摟進懷裡了吧！

雙手抱胸，悠哉地看著他們的小劇場。

「那時候妳徐阿姨還問我，會不會妳已經交了男朋友，不理徐浩了。」連爸爸都在一旁答腔。

尷尬假咳了幾聲，為什麼在爸媽眼裡，我會看起來那麼可憐呢？

向子澄和我交換了一個不知所云的眼神，深深吸了一口氣，語氣堅定地說：「叔叔阿姨，我是真的交男朋友了。」

看著爸媽的下巴差點沒掉到地上，我忍不住，笑了出來。

媽媽一臉不悅地瞪了我一眼，沒有接話，只是露出尷尬的笑容。

「我的男朋友就是學長。」向子澄拉起我的手。「雖然很害怕有一天被他甩了，就無法再與你們像現在這樣聊天吃飯，不過我們真的在交往沒錯。」

這次，我爸媽的下巴是真的掉到地上了。

完全沒想到，那個腦殘女竟然會當著我爸媽的面，說出害怕被甩這種荒謬的話，不過最後我還是在媽媽的威脅之下，發誓永遠都不會甩了她。

問題是當我決定要愛她的那一刻起，就沒有分手的這個選項了。

算了，她高興就好。

「你真的會把她寵壞！」

向子澄搬回來了，不速之客也天天來報到了。

「要你管！」向子澄蹭到我懷裡，對著周昱愷叫囂。

「學長我說真的，你現在對她那麼好，以後就算把媽祖請回家裡供養，也沒人治得了向子澄。」周昱愷跟向子澄唯一像兄妹的地方就是講話很浮誇。

微笑著撥亂了向子澄的頭髮。「妳又做了什麼好事？」

「我什麼都沒做啊！」笑得好甜，讓我忍不住在她臉頰上留下一吻。

挑眉，我看向沙發上臉色一陣青一陣白的周昱愷。

「哼！妳就是真的什麼都沒有做，課不去上，報告也都不做，我看妳畢業展怎麼辦！」話一說完，周昱愷便氣呼呼地離開了。

向子澄張大無辜雙眼，用那甜到讓人骨子酥麻的聲音輕聲地說。「我不是故意的，因為你最近太忙了，所以只要一有空，我就只想待在你身邊。」

「我忙是為了我們的未來啊！如果現在不努力一點，以後怎麼讓妳生小寶寶呢？」收緊手臂，我對向子澄的愛，就快要滿出來了。

「我知道。」她點點頭。

「所以妳也要乖乖去上課啊！這樣畢業後才可以繼續待在我身邊一起工作。」

「可是你現在又回事務所上班了，換我要準備畢業展，那裡的女同事都很年輕很漂亮，我會擔心。」向子澄嘟起嘴，眼泛淚光。

原來是因為吃醋啊！親親她的額頭。「拜託那裡誰不認識妳，誰不知道我愛妳愛到快發瘋，還有我一天到晚板著一張大便臉，誰會喜歡我。」

「可是你溫柔，又貼心。」

「那也只對妳一個人，因為是妳，我才溫柔才貼心。」

終於笑開眼的向子澄給了我一個大大的擁抱。

她或許還不知道自己之於我是怎樣的存在，但是我知道。

如果這世界沒有向子澄，我便不存在這裡。

有些人的幸運是在長大後，還擁有那個青春時一起瘋狂的人。

而我的幸運，是在後青春，遇見了獨一無二的人。

那天，我一如往常地載向子澄去找謝康昊做頭髮，而她依然不知道我和謝康昊的關係。

「你喜歡的女生不是出國了嗎？」沒想到，他們真的是無話不談的朋友。

可惡，讓人忌妒。

「對啊！她去海外實習。」

謝康昊跟我交換了一個眼神。

「寶貝，妳認識他喜歡的人啊？」我故意問道。

搖搖頭，她揚起笑容。「不認識，NICK很神祕說什麼都不給我看那個女生的照片。」

謝康昊笑著脫去手套，從口袋裡拿出手機，遞到向子澄面前。「來，給妳看。」

向子澄興奮地接過，大喊：「哇！長得好像漂亮學姊喔！」

一秒、兩秒、三秒，向子澄的臉色從驚喜變成驚嚇。「所以你是……？」

謝康昊蹲在她身邊，忍住笑意。「對，我是妳最討厭的，學長的情敵。」

向子澄摀住臉，不斷亂叫。「對不起！我不是故意討厭你的！好丟臉！喔！很丟臉耶！」

差點沒被她反應笑死，我輕輕拉下她的手。「他不會在意啦！」

「真的嗎？」

「真的。」謝康昊點頭。

「那我們還是朋友嗎？」

「當然。」

「好了！離我女朋友遠一點。」看不慣有人對我的小太陽太親近，我拉開謝康昊。

「愛吃醋。」謝康昊翻了個白眼，走向其他客人，

而向子澄則是拉過我到她身旁。「你為什麼都不跟我說！這樣真的超丟臉耶！我根本就是對著他，講他本人的壞話啊！」

「妳到底講了什麼？」我很好奇，因為謝康昊從來沒提起，向子澄到底說了些什麼。

「說他占著茅坑不拉屎，害你在外面肚子痛得不得了。」

我爆笑。「哈哈哈哈哈！妳說徐思秧是茅坑，然後我那麼多年的喜歡只是肚子痛？」

「對啊……只是一個比喻嘛！」她那雙水靈大眼轉啊轉的，整個臉紅得不得了。

「那我現在呢？」

「你現在就是我這個茅坑，愛怎麼拉屎就怎麼拉啊！」

失笑，向子澄的邏輯真的不是一般人地球人能理解的，無所謂，反正我是從天王星來的。

我跟她，天生一對。

當晚，我傳了訊息給遠在外國實習的思秧。「妳是跑去越南學做河粉啊！」

「對啊！牛肉河粉，想吃嗎？」她飛快地回應我。

「妳過的還好嗎？」

「不太好，可是我還挺得住。」

「我交女朋友了，總覺得妳不會在意，但是我還是想跟妳說。」文字沒有情緒，但此刻

的我是微笑。

「我當然會在意啊！恭喜你！她一定是個很好的女生吧！」

「她真的很好，妳回來我再介紹妳們認識。」

「她不會介意我的存在嗎？」

「妳不要把每個人都當作謝康昊，那麼小鼻子小眼睛的。」說話同時，心虛地縮了肩膀，今天在髮廊的情況看起來，小鼻子小眼睛的其實是我。

徐思秧傳來一個大大的笑臉。

想起她曾經對我說：「你值得更好的人。」

子澄是更好的人嗎？

我凝視著她熟睡的側臉，答案是肯定的。

不知道夢見了什麼，嘴角揚起淺淺的弧度，小小的酒窩出場，我知道夢裡的她是快樂的。

「我的小太陽。」伸手將她攬進臂彎，軟軟的小身子，還有那髮梢傳來的花果香。「帶妳去見徐思秧，好嗎？」

她隨意應了一聲，埋進我胸口裡。

比跟徐思秧約定的時間早到了一點，向子澄興奮地翻閱著菜單。「所以你大一的時候很常跟漂亮學姊來這間咖啡廳啊？」

「嗯，因為她最好的朋友在這裡打工。」替她撥順了捲髮。「點這個好嗎？妳最喜歡的蜂蜜鬆餅。」

「嗯，好啊！」

「真的不會吃醋？」我態度認真。

「真的，你到底要問幾次，我又不是那麼小氣的女生。」她大翻白眼，吐了吐舌頭。

「親一下，我就相信妳不會吃醋。」

向子澄一臉真是被打敗的樣子，快速在我臉上留下一吻，低聲抱怨。「你這個放閃魔人。」

店門被推開，我一眼就看見了徐思秧，對她招招手，向子澄看見了我的動作，放下手機，轉過身去朝徐思秧揮手。

「妳的頭髮也剪太短了吧！不是萬年的長髮教主嗎！」我指向她貼耳的短髮造型驚呼。

「好看嗎？」而她的視線卻落在向子澄身上。

向子澄隨即露出燦爛的笑容。「好看！非常好看！」

徐思秧選擇了子澄身旁的空位坐下，眼裡閃爍著金光，雙眼猛盯著她瞧。「謝謝妳的誇獎，妳長得好可愛。」

向子澄害羞地點點頭，平常老說自己是可愛教主的傢伙，竟然也會有害羞的一天。

「不會是謝康昊剪的吧？」我開口。

「賓果！」

「我都忘記自我介紹了，妳好我是徐思秧。」徐思秧對著向子澄微笑。

「妳好！因為我很矮又很熱情，所以大家都叫我小太陽。」

「是不是人如其名？」我寵溺地摸摸向子澄的頭。

「嗯，真的。」徐思秧微笑著，卻莫名紅了眼眶。

「妳怎麼了？」向子澄緊張地看向她。

「該不會是看我交女朋友太感動吧？」揚起笑容，我說：「終於不會像鬼魂一樣纏著妳了。」

「你怎麼這樣講話……」深怕會被誤會，她趕緊看向向子澄。

「沒關係的！你們的故事我都知道！我覺得能被學姊妳喜歡的那個男生很幸運，因為不是每個人都有那樣的耐心跟勇氣去喜歡一個人的。」向子澄跟我交換了一個眼神。

於是我想起了她的茅坑之說，還有她與謝康昊的緣分，失笑。

世界那麼大，但其實也很小。

徐思秧甩甩頭苦笑。「但願那個男生知道他那麼幸運才好。」

「妳們還沒在一起嗎？」我偏著頭問。

「還沒。」

「真的是歹戲拖棚，其實只要一開口，你們就會在一起了不是嗎？」

「現在不是訪問我的時候，我可是特地要來聽你們愛情故事的。」她找來服務生，順利轉移了話題。

也罷，她不說，我們也就不問了。

徐思秧開心地說著關於我的糗事，偶而開口嗆她或反駁，不過大部分時間，我的視線都停留在向子澄的身上。

以前我會埋怨老天爺，為什麼不早一點讓我遇見向子澄。

可是現在的我有點懂了，經歷過青春種種的徐浩，才是最適合向子澄的。

沒有失去，就不會懂得珍惜。

也許那個我曾經很喜歡的女孩，還沒到達幸福的終點站，但是我相信，只要謝康昊在她身邊，就一定會是完美結局的。

一晃眼已是鳳凰花開，帶著微微的不捨走向人群，從來不眷念的學生時期，卻因為他們，而多了一分惆悵。

過了今天，我們都將在不同的城市，過個全新的生活。

「怎麼一個人在這裡？」輕點楚琪的肩膀，我站到她身旁。

「想好好跟這裡說再見，下一次再來台北，就不知道是什麼時候了。」楚琪臉上掛著微笑，眼底卻是滿滿的失落。

「吳子陵呢？真的不打算跟他在一起嗎？」記得向子澄跟我說過，吳子陵在學校廣場上大費周章的跟楚琪告白，她卻只是笑笑地轉身離開。

搖頭，楚琪紅了眼眶。「子陵家的房子要賣了，他要搬去加拿大跟他爸媽團圓了。」

「妳跟去啊！」坦白說我不懂她的顧慮是什麼，如果今天走的是向子澄，那我一定會跟著走。

向子澄在哪，我就在哪。

「我媽只有我一個女兒，大學從屏東跑來台北就已經夠遠了，要是去了加拿大，我媽一個人要怎麼辦？」

沉默將我們包圍著，這世界上有很多事，真的不是只有愛就夠的。

楚琪從口袋裡拿出手環，拉起我的手，輕輕地放在手心上。「這個送你，和小太陽是一對的，希望你們可以好好在一起。」

我愣愣地看著她。「我們會的，也希望妳畢業後一切都順利。」

遠處的向子澄看見了我，用力地揮著她手中的向日葵花束。

「徐浩！」

「嗯？」

「謝謝你跟小太陽，讓我相信愛情是那麼真切的。」楚琪揮手，要我先離開。

躊躇著不知道該不該說，走了兩步，我決定轉身跑向她。「其實……」

伸出手，楚琪阻止了我。「我知道你要說什麼，讓他走，就是我最後能為他做的。」

點頭，轉身，我走向帶著燦爛笑容的向子澄。

楚琪不要吳子陵為她留下來，是因為她不要他為了一個不確定的未來，放棄了就在眼前的夢想。
最後，我幫他們拍了第一張，也是唯一一張的，吳子陵從後方環抱著楚琪的照片。
照片裡，他們用盡全力地擺出笑臉，我的心卻是一陣疼。
「靠！你怎麼那麼娘，哭三小！」吳子陵笑著槌了我胸口。
笑著笑著，他也哭了，用力抹去眼角的淚水。
不知道他的眼淚，是為了我這個很不夠兄弟的兄弟，還是那個最無緣卻最深刻的楚琪。
如果時間能重來，我發誓會對他們好一點，然後創造出更多屬於我們的回憶。
只可惜。
這世界上沒有可以重來的事。
「保重。」送走了吳子陵，我們與楚琪告別在機場。
看著楚琪的背影，向子澄紅了眼眶。「看他們這樣，我好捨不得。」
「嗯。」輕哼了一聲，我摟緊向子澄的肩膀。「如果他們有緣分，會再遇見的吧！」
「就像漂亮學姊跟謝康昊一樣。」
「是啊！」
也許多年後他們會變成另一個徐思秧與謝康昊，也或許終究成為彼此生命裡的過客。
無論如何，在最美的歲月裡，碰到了一個最特別的人，都是值得的。
是吧！

結束，是給有心告別的人，揮別所有人，我牽起向子澄回到屬於我們的世界。

「我先回舊家拿東西喔！」向子澄換下洋裝，綁起了隨興的丸子頭。

「好啊！我跟妳去。」

「不用啦小東西而已，你到陽台去等我。」

看著她小跑步離去的背影，雖然一頭霧水，仍是乖乖地朝陽台走去。

推開門，不見向子澄，我倚靠在欄杆上，靜靜挑望著風景。

「學長。」輕柔的嗓音從隔壁的陽台傳來。

「嗯？」我轉頭。

「還記不記得你曾經跟我說，和漂亮學姊的主題曲是什麼歌？」雙手撐在欄杆上，向子澄眯起眼。

「恆星的恆心。」緩緩走向她。「怎麼了？想到我們的主題了是嗎？」

搖搖頭，神祕兮兮地從口袋裡伸出拳頭。「歌是沒有，但是我把我們故事的起點做出來了。」

張開小手，兩條作工精細的項鍊出現在我面前。

「行星，是你這個冷到不行天王星，恆星是我，這個宇宙無敵可愛的太陽。」

鼻頭微酸，我伸出顫抖的手，接過她的項鍊。

行星的恆心，原本只是為了紀念自己守護徐思秧的故事。

而此刻，向子澄卻賦予了它新的意義。

她就站在離我不到一百公分的地方，帶著燦爛的笑容。

「行星的恆星從現在起，就是，徐浩的向子澄，知道嗎？」

「知道了。」

正想著這樣的畫面怎麼這麼熟悉，

陽台、向子澄、隔著小距離送來東西。

原來就是我們的初相遇。

後記

你好！

歡迎來到矮子人生股份有限公司，小說夢想企業部。

我是在咖啡廳寫後記的五迷，不敢說資深，但也確確實實地用了人生中一半的時間去信仰他們的存在，這麼說來應該就可以很明顯的知道這本書名的由來了對吧？

沒錯，它取自於五月天的《恆星的恆心》。

渴望著能在演唱會上聽他們唱這首歌，可惜截至目前都沒有實現過，為了搶到怪獸的表演區，每一場演唱會都跑到網咖搶票、演唱會前一天一定會緊張到睡不著，聽到知足時自動亮起的手機燈海，還有唱著倔強時的熱淚盈眶都是屬於我和所有五迷的共同回憶。

該不會你也是五迷吧？那真是太巧了！

好想把歌詞通通放進來給你看，但篇幅有限，而且我還有很多話要說，就算了，哈哈哈！

啊！不小心扯遠了。

如果你看過《借你勇敢，好嗎？》，那麼我很想知道，在徐思秧的故事裡，你對徐浩抱持著怎麼樣的心情呢？

可憐男二？偉大的前男友？以後找男朋友的依據？

徐浩曾這麼對徐思秧說過。「如果我們相愛，那攜手到老；如果我們分開，我只要妳安好。」身為作者，他在我的眼中，便是如行星一般的存在，依循著過往軌跡，日復一日用恆心，去守護徐思秧。

而歌詞是這麼寫的。

帶走迴盪的回憶　妳像流浪的流星
把我丟在黑夜　想著妳
妳要離開的黎明　我的眼淚在眼睛
下定決心　我決定
用恆星的恆心　等妳　等妳

說過了要成全的徐浩卻一直在等待，我們都愛過人，當然也明白真正的放下有多困難，總覺得時間會帶著我們走向想要的結局，於是沿途中的風景全都被錯過了；向子澄那麼好，為什麼徐浩就是感受不到呢？我想這就跟為什麼徐浩那麼完美，卻落不進徐思秧眼底一樣吧！

愛是眼盲的，執著那道遠處風景的我們，看不見身旁美麗的花海。

你也在單戀著誰嗎？

喜歡著他的你，有感受到真正的快樂嗎？

會寫下這個故事，除了是因為我對徐浩這個角色的過度偏心以外，還有一個很重要的原因。

「我希望你不要因為愛上一個人，就忘記了自己。」

在《借你勇敢，好嗎？》裡，我鼓勵你勇敢面對愛情，那麼在《行星的恆心》時，我想說，如果勇敢之後的結果不是你所想的，甚至還讓你的心受傷了，那麼就放棄他吧！

這世界這麼大，很顯然的，值得你愛的人，不會是他。

與其讓他成為你心中永遠的疙瘩，倒不如變成開放性傷口，血流完了就不痛了、淚流乾也就不愛了，我不是說你不能繼續愛他，只是更希望你記得「先好好愛自己。」

今天你很愛一個人，那麼你會讓他哭嗎？會讓他為了不相干的人而委屈嗎？

答案是不會對吧？那又為什麼你可以好好愛別人，卻不懂愛自己呢？

以前我聽過一個故事，有個男人向師父問說：「我愛一個女人愛得好苦，可是我放不下她，怎麼辦？」

於是師傅請他拿著杯子，然後朝那杯子裡，倒進滾燙的水。

水越來越滿，男子的手因為高溫越發疼痛。

最終他再也承受不了，甩開了杯子，男子抬起頭，看見欲言又止的師父，揚起淺淺的微笑。「師父我懂了，你想跟我說，痛了就會放手，對嗎？」

師父搖搖頭。「你能體悟這個道理自然是好的，但我想說得是，那個杯子一千元，請您照價賠償。」

我猜師父跟我一樣是金牛座啦！（大誤）

最後來到了尾聲，有太多想感謝的人，那不如就謝天謝地吧！（這位太太請認真寫後記！！）

謝謝幫我挑錯字的每一個朋友、謝謝我的責編尚燁哥、還有謝謝尖端給我出第二本書的機會，當然還有最最感謝的，是買了這本書的你，感謝您在這個經濟不景氣的年代裡，願意買下小女子的作品，有空來我的粉專找我玩吧！

二〇一七年八月二十六日　思念秧秧

浮文字

行星的恆心

作者／矮子(思念秧秧)
發行人／黃鎮隆　副總經理／陳君平
總編輯／洪琇菁　國際版權／黃令歡
執行編輯／呂尚燁　美術主編／陳又荻
企劃宣傳／邱小祐
出版／城邦文化事業股份有限公司　尖端出版
台北市中山區民生東路二段一四一號十樓
電話：(〇二)二五〇〇七六〇〇　傳真：(〇二)二五〇〇二六八三
E-mail：7novels@mail2.spp.com.tw
發行／英屬蓋曼群島商家庭傳媒股份有限公司城邦分公司　尖端出版
台北市中山區民生東路二段一四一號十樓
電話：(〇二)二五〇〇—七六〇〇(代表號)
傳真：(〇二)二五〇〇—一九七九
中彰投以北經銷(含宜花東)／高見文化行銷股份有限公司
電話：〇八〇〇—〇五五—三六五
傳真：(〇二)二六六八—六二二〇
雲嘉經銷／威信圖書有限公司　嘉義公司
電話：(〇五)二三三—三八五二
傳真：(〇五)二三三—三八六三
南部經銷／威信圖書有限公司　高雄公司
客服專線：〇八〇〇—〇二八—〇二八
電話：(〇七)三七三—〇〇七九
傳真：(〇七)三七三—〇〇八七
香港總經銷／城邦(香港)出版集團有限公司
香港灣仔駱克道193號東超商業中心1樓
電話：(八五二)二五〇八—六二三一
傳真：(八五二)二五七八—九三三七
馬新總經銷／城邦(馬新)出版集團　Cite(M)Sdn.Bhd.
E-mail：Cite@cite.com.my
大眾書局(新加坡)　POPULAR(Singapore)
E-mail：feedback@popularworld.com
大眾書局(馬來西亞)　POPULAR(Malaysia)
E-mail：popularmalaysia@popularworld.com
法律顧問／王子文律師　元禾法律事務所
台北市羅斯福路三段三十七號十五樓
二〇一七年九月一版一刷

■中文版■

郵購注意事項：
1. 填妥劃撥單資料：帳號：50003021戶名：英屬蓋曼群島商家庭傳媒(股)公司城邦分公司。2. 通信欄內註明訂購書名與冊數。3. 劃撥金額低於500元，請加附掛號郵資50元。如劃撥日起 10～14日，仍未收到書時，請洽劃撥組。劃撥專線TEL：(03) 312-4212 ・ FAX：(03) 322-4621。E-mail：marketing@spp.com.tw

國家圖書館出版品預行編目資料

行星的恆心 / 矮子(思念秧秧) 著 ; .
--1版.--臺北市：尖端出版, 2017.09 面 ; 公分.--
譯自:
ISBN 978-957-10-7629-4(平裝)

857.7 106010531